Hanan al-Shaykh

Zwei Frauen am Meer

Aus dem Arabischen
von Hartmut Fähndrich

marebuchverlag

Die Deutsche Bibliothek – CIP-Einheitsaufnahme.
Ein Titeldatensatz für diese Publikation
ist bei der Deutschen Bibliothek erhältlich.

Erstausgabe
1. Auflage 2002

Lektorat Leila Chammaa und Ilke Prick, Berlin
Umschlaggestaltung Ⓢ sans serif, Berlin
Typografie Farnschläder & Mahlstedt, Hamburg
Herstellung Jan Enns, Wentorf bei Hamburg
Schrift Adobe Garamond und Linotype Syntax
Druck und Bindung Clausen & Bosse, Leck
Printed in Germany
ISBN 3-936384-02-9

www.marebuch.de

Von **mare** gibt es mehr als Bücher:
www.mare.de

marebibliothek

Geschichten vom Meer

Herausgegeben von Denis Scheck

Band 3

Um ans Meer zu gelangen, mussten Hoda und Yvonne im Ameisenmarsch gehen, wie zwei sehr vorsichtige Ameisen. Die Straße war kurvenreich und unübersichtlich. Sie überraschte die Autofahrer durch plötzlich auftauchende Fußgänger oder durch Äste, die da und dort herabhingen.

«Komm, wir gehen rüber auf den Gehsteig», schlug Yvonne vor und versuchte, ihr Haar von einer wilden Rebe zu befreien, die sich darin verkrallt hatte und ihre Blätter damit bereichern wollte.

Die beiden blieben kurz stehen, bevor sie ihren Gang wieder aufnahmen. Es gab gar keinen Gehsteig. Ein ununterbrochener Strom von Autos raste vorbei. Die Köpfe der Insassen drehten sich, um einen flüchtigen Blick auf die beiden attraktiven Frauen zu erhaschen. Braun die eine, blond die andere, recht groß die eine, weniger groß die andere, und beide ganz im Einklang mit dem herrschenden Sommer. In gelben knappen Shorts die eine, in einem kurzen blauen Röckchen mit weißen Punkten die andere, dazu trugen beide weiße T-Shirts und Tennisschuhe, die sie hoch über den Asphalt hoben.

«Bist du sicher, die Richtung stimmt?», fragte Yvonne, offensichtlich beunruhigt.

«Laut Karte ja.» Hoda hätte ihre Freundin gern davon abgebracht, ans Meer zu gehen. Erst vor zwei Tagen hatte sie sich, als Vorbereitung auf den Urlaub, die Haare gewaschen. Und nur Menschen, die ihr nahe standen, konnten ermessen, was Haarewaschen für sie bedeutete. Die Prozedur erfordert, die Haare erst mit Öl zu tränken, sie dann mit Shampoo zu waschen und danach mit Rindertalg einzureiben, was ihr eine Stunde lang ein qualvolles Ekelgefühl aufzwingt. Nach dem Ausspülen massiert sie eine weitere Creme in die Haare, kämmt sie aus und zurrt sie Strähne um Strähne auf Wickler, die sie mit Nadeln feststeckt. Schließlich muss sie vierzig Minuten unter der Trockenhaube verbringen, bevor sie die Strähnen aus den Wicklern lösen und einzeln mit Kamm und Handföhn glätten kann. Das war der Kampf gegen ihr Kraushaar. Auf diese Weise bändigte sie es und hinderte es am Zusammenschnurren. So fiel es glatt auf ihre Schultern herab, glänzend wie eine Aubergine.

Ein Fußweg wand sich baumgesäumt bergab. Riesige, ausladende Bäume. Häuser, oder besser Villen, scheinbar verlassen und von verlassenen Gärten umgeben. Schwarze Kaktusfeigen als dunkle Flecken auf dem Asphalt. Olivenbäume. Dutzende von Kürbissen, orangefarben, groß wie Fußbälle und seltsam fremd an den weichgrünen Pflanzen, die sie hervorbrachten.

Zum ersten Mal befielen auch Hoda Zweifel. Sie waren in einen beidseits von Mauern gesäumten Weg eingebogen. Weit und breit kein Meer. Auch ein Blick auf die Karte beruhigte sie nicht. Doch sie folgten dem Weg immer weiter, und plötzlich sahen sie in der Ferne das ersehnte Blau. Yvonne konnte einen Schrei nicht unterdrücken und rannte los, zum Meer. Hoda holte sie ein, voll Ängstlichkeit und Spannung. Doch als sie dann da standen, war alles ganz anders als erwartet. Riesige Felsen und Bäume, Steine und rauschende Wellen. Sie blieben stehen und sahen sich um. Waren sie falsch gegangen? In ihrer Ratlosigkeit hatten sie zunächst die Bresche in der Mauer übersehen, durch die ein Mann ging, nachdem er sein Motorrad abgestellt hatte. Sie folgten ihm vorsichtig und befanden sich plötzlich in einem Garten aus Felsen, direkt am Meer. Im Nu wichen Ängstlichkeit und Spannung von Hoda, als sie die weißen Felsen sah, die aufragten wie monströse gigantische Stifte, wie Kakteen, teils glatt, teils rauh, gezackt, mit weiter, runder Oberfläche wie ein freundliches Gesicht, poliert von unermüdlich anbrandenden Wogen. Dort ein glatter Felsen mit Gras darauf, so gelb und glatt wie Yvonnes Haar. Wenn das Wasser angriff, schwamm das Gras ein wenig, um gleich danach wieder ruhig dazuliegen. Hoda beneidete Yvonne aus tiefstem Herzen um ihr Haar. Beide standen da und betrachteten unentschlossen das Schauspiel.

«Sieht aus wie das Schamhaar einer Frau», bemerkte Yvonne, und Hoda hätte sie gern gefragt, ob Schamhaar eigentlich im allgemeinen dieselbe Farbe habe wie das übrige Haar, und ob ihres auch blond sei. Doch plötzlich war sie gehemmt. Diese Felsen waren wie Fabelwesen. Sie spürte ein immenses Verlangen, hinaufzusteigen, besonders als sie eine Frau und einen jungen Mann sah, die dort mühelos umherspazierten.

«Komm, wir gehen auf diese Felsen dort drüben!»

«Nein, lass uns erst einen Platz zum Hinsitzen finden», entgegnete Yvonne rasch.

Sie gingen über rote Erde. Ein paar Pinien standen da. Hoda bemerkte Harz, das aus einem Baum sickerte. Es war ein schmaler Weg, nur wenige Schritte vom Wasser entfernt. Dort ließ die Natur Meer und Strand ineinander übergehen. Blaue Meeresflicken wogten, umgeben von diesen Felsen, nur an einer Stelle mit dem weiten Meer verbunden.

Hoda atmete erleichtert auf. «Hier schwimmen ist schwierig, eigentlich unmöglich», sagte sie. «Aber was soll's. Dann werden wir eben sonnenbaden und schlafen.»

«Du musst verrückt sein. Wir schwimmen hinaus, weg vom Strand, über die Steine und das Gras.» Sie zeigte mit der Hand, und Hoda verstand, dass sie mit «hinaus» das offene Meer meinte, wo sich das Wasser nur noch ausbreitete, mit leichten Kräuselwellen, nicht wie am Strand, wo es tobend und tosend an die Felsen schlug und weißer Schaum wild aufflog.

«Ich hab ein Buch dabei. Du kannst ja schwimmen gehen.»

«Du kommst von Kanada und ich von London, und dann sollen wir hier lesen? Nein, nein! Ich habe ausgezeichnete Plastikschuhe fürs Wasser dabei, mit denen könntest du sogar durchs Feuer waten.»

Hoda wählte eine Stelle unter einem Baum, aber Yvonne wollte lieber direkt am Wasser sitzen, in der prallen Sonne, weit weg von den Bäumen und den Felsen. Sie breiteten ihre Handtücher aus, Yvonne streifte ihre Shorts ab und stand plötzlich in einem Bikini da. Sie reichte ihrer Freundin die Hand, doch Hoda zögerte, ihren Rock auszuziehen, und tat so, als würden die Wolken sie davon abhalten.

«Geh nur voraus! Ich möchte sowieso erst die Felsen da drüben erkunden.»

Yvonne rannte ins Wasser. Sie hatte Mühe mit den Kieseln und den spitzen Steinen, die ihre Füße malträtierten, doch sie achtete nicht darauf. Sie stürzte sich in die Fluten und ließ sich treiben. Dabei schlug sie wild auf das Wasser, als wollte sie sich vergewissern, dass sie wirklich im Meer war, im Mittelmeer, neben dem «alle anderen nur falsche Meere» sind. Am liebsten hätte sie ins Wasser gebissen, so sehr verlangte sie danach. Sie tauchte mit dem Kopf ein wie eine Ente, um den Salon des

Wassers zu betreten, ihm nach so langer Zeit einen Besuch abzustatten, es zu schmecken, die Kälte zu spüren, das Salz, die Stille. Dann ruderte sie mit beiden Armen wie eine Katze, immer wieder, schneller und schneller, um des Meeres habhaft zu werden. Sie schlürfte die Luft, umfing das Wasser, prustete es aus und sah nichts anderes mehr als das Blau, in dem Himmel und Meer verschmolzen. Das Mittelmeer, das war ihr Haus, ihre Wurzel. Sie schloss die Augen. Sie schien von einer langen Reise zurückgekehrt.

Hoda hatte ihren Rock wieder um die Hüfte gewickelt. Sie stieg hinauf, zurück zu den Pinien. Sah den Baum, der Harz ausschied, und lächelte in Erinnerung an den altbekannten Geruch, den Geruch des Pinienwaldes von Beirut, und an ihre Großmutter, die mit Piniennadeln Feuer machte und sie den Rauch inhalieren ließ, als Heilmittel gegen den Keuchhusten, wie sie sagte. Hoda ging über die Felsen, über die ein Spazierweg führte: Auf beiden Seiten Geländer aus so feinem Eisen, dass sie fast schon unsichtbar waren. Der Weg war an manchen Stellen gewunden und schwierig, an anderen leicht begehbar. Krebse krochen von einem Schlupfwinkel zum anderen. Pinzettenwinzige Fischchen drohten aufs Trockene zu geraten und flohen zurück ins Wasser. Hodas Blick suchte Yvonne. Sie war noch immer im Wasser, das jetzt ganz friedlich aussah, nicht wie eine Bühne von Schrecknissen, ein Meeresdschungel wie im ersten Augenblick. Sie spazierte weiter. Plötzlich schienen die Felsen zu Ende. Ein Schild versperrte den Weg: «Privat – Durchgang verboten». Ein gutaussehender junger Mann stand da, an ein großes Eisentor gelehnt und zeichnete mit atemberaubender Geschwindigkeit einen Baum. Er schaute sie lächelnd an. Sie machte kehrt und ging zurück zu der Stelle, wo ihre Sachen lagen, die sie und Yvonne zu erwarten schienen. Das Gebell eines Hundes empfing sie. Hoda ignorierte es. Sie ging zu ihrem Handtuch, um sich darauf zu setzen. Das Gebell wurde lauter. Eine italienische Familie versuchte vergeblich, ihren Hund zur Ruhe zu mahnen. Doch dieser starrte zu ihr herüber und jaulte, als hätte er ihre Angst vor ihm erfasst; dabei war er fest an einem Stuhlbein angebunden. Sie zog ihren Rock aus und die Plastiksandalen an, in der Absicht, trotz der großen Steine und der spitzen Felsen ins Wasser zu gehen. Alles um sie herum drängte sie, ins Wasser zu gehen. Yvonne, die weit draußen schwamm und ihr schon mehr als einmal gerufen und sie zu sich gewinkt hatte, ebenso die italienische Familie, der Hund und die anderen Schwimmer; in erster Linie aber sie selbst. Mehrfach versuchte sie, ins Wasser zu gelangen, über das Gras und die Steine zu gleiten. Ein paar Handbreit Wasser nur, beruhigte sie sich selbst. Dennoch konnte sie sich nicht entschließen, und die Wellen warfen sie hierhin und dorthin an die Felsen. Sicher waren alle Blicke auf sie gerichtet. Sogar die der zornigen Möwen, von Schwimmern bei der Jagd behindert. Wieder rief Yvonne, laut und lachend. Hoda beugte sich, die Luft anhaltend, vorsichtig nach vorn und versuchte, mit allen vieren strampelnd, sich über Wasser zu halten. Sie schwamm wie ein Wasserläufer oder ein Tausendfüßler. Ihr Kopf, in eine Plastikhaube gesteckt und dann mit einem Tuch umwickelt, trieb oben, ebenso ihr Nacken. Beides hüpfte auf und nieder, aufmerksam für ihre Umgebung. Sie schwamm auf der Stelle und schenkte Yvonnes Rufen kein Gehör. Betrachtete das Meer und den Himmel. Doch als Yvonne, nach der sie heimlich schielte, aus ihrem Blickwinkel verschwand, schlug ihr Herz schneller. Sicher war sie nur getaucht, um sie zu erschrecken, ein Gedanke, der sie in panische Angst versetzte. Sie unterdrückte einen Schrei. Als sie sich aufrichtete, reichte ihr das Wasser schon bis über den Bauch. Yvonne trieb da auf dem Rücken, wie auf einem Bett. Jetzt erst holte Hoda Luft. Sie sprach sich Mut zu, etwas zu wagen und ein kleines Stück zu schwimmen, nur so weit, dass ihr das Wasser bis zur Brust reichte. Sie tat es, die Luft wieder angehalten und hin und wieder mit den Füßen nach unten tastend, um sich zu vergewissern, dass sie noch immer den Boden berührten. Dann schnaufte sie die angehaltene Luft aus, überzeugt, Yvonne habe ihre Unsicherheit im Wasser bemerkt, wie sie selbst die Sicherheit oder Unsicherheit anderer bemerkte, sobald sie ins Wasser eintauchten. Hoda tat so, als stürzte sie sich furchtlos ins Wasser, fuchtelte und strampelte wie wild, dann ließ sie sich auf den Rücken fallen, die einzige Stellung, in der sie nicht aussah wie auf der Flucht vor einem Feuer, das nach ihren Haaren griff. Aber nur allzu rasch wurde sie durchschaut.

Zwei Jungen kamen mit ihrer Mutter näher. Hoda hätte sie nur allzu gern gebeten, ein wenig Distanz zu halten, besonders da die beiden Bengel mit aller Kraft auf das Wasser eindroschen. Was, wenn mir Salzwasserspritzer in die Augen geraten und ich nichts mehr sehen kann? Was, wenn ich vor Schreck den Mund aufreiße und Wasser schlucke? Dann verliere ich aus Angst die Orientierung und ertrinke am Ende noch wirklich. Um ihre Gefühle zu kontrollieren, schloss sie den Mund wie eine Handtasche und entfernte sich von den Jungen. Auf alles gefasst. Als die Mutter ihre Söhne allein ließ, verfinsterte sich Hodas Miene. Sie forderte die beiden auf, sich zu entfernen. Wie sollte sie ihnen erklären, sie, eine Frau fast im Alter ihrer Mutter, würde ertrinken, wenn jemand sie berührte? Sie versuchte, ihnen Angst einzujagen. Behauptete, sie habe eine Qualle gesehen. Der Trick wirkte, die beiden schwammen zum Strand. Aber nur ein paar Augenblicke später kamen sie wieder, diesmal mit einem Eimer, um die Qualle einzufangen. Hoda wies mit der Hand aufs Meer hinaus, befürchtete dann aber, die beiden könnten sich zu weit hinauswagen und ertrinken. Doch die Jungen hatten zu spielen begonnen, als gäbe es sie gar nicht.

Das Wasser schien schwer. Vielleicht war es aber nur ihr wasserscheuer Kopf. Vielleicht waren auch ihre Ohren verstopft. Sie beschloss, aus dem Wasser zu gehen. Doch da tauchte Yvonne auf und wollte sie zurückhalten. Hoda beschleunigte ihre Schwimmbewegungen und tat, als sei sie ganz dem Wasser hingegeben. Sie lag auf dem Rücken, doch ihr Fuß diente noch immer als Tiefenmesser. Sie vergewisserte sich, dass die Erde nicht inzwischen eingesunken, sondern immer noch bereit war, ihren Füßen im Bedarfsfall Halt zu geben.

«Bist du taub? Ich hab dich mehrmals gerufen. Offenbar schwimmst du gern im Kindergepinkel.»

Hoda ging nicht darauf ein. «Ich habe Durst.»

«Und ich Hunger.»

Das Wasser zu verlassen erwies sich als schwieriger, als hineinzugehen. Die großen Steine waren ein Problem. Eigentlich waren es eher Felsen, von den Wellen hingeworfen und glatt poliert. Hoda versuchte, sicher und ruhig zu gehen, stolperte aber und wurde, kaum dass sie ihr Gleichgewicht wiedergefunden hatte, vom Wasser in die andere Richtung gedrängt. Sie beteiligte sich nicht an Yvonnes Gelächter. Sie drehte sich nicht einmal um, besorgt, das Lachen könnte sie ein weiteres Mal aus dem Gleichgewicht bringen. Es ging nicht anders, sie musste auf allen vieren hinaufkriechen. Wieder auf dem Trockenen, brach sie in schallendes Gelächter aus, weil sie an Ursula Andress in «007 jagt Dr. No» denken musste und sich vorstellte, diese wäre statt leicht wie eine Seejungfrau auf allen vieren aus dem Meer gekrochen, den Dolch an der Hüfte und ein Lied auf den Lippen: *Underneath the mango tree my honey and me come watch for the moon.*

Hoda erzählte ihre Hirngespinste Yvonne, die offenbar zum Lachen aufgelegt war. Sie brach in schallendes Gelächter aus und hörte erst wieder auf, als sie an ihren Liegeplatz kamen, wo sie die mitgebrachten Äpfel, Birnen und Schokoriegel aßen.

«Kletterst du mit mir auf diese Felsen da?» Yvonne zeigte auf eine Stelle, wo ein paar junge Männer standen, plauderten, lachten und das Meer betrachteten, ohne dass einer den Mut fand, hinunterzuspringen und sich in die Fluten zu stürzen.

«Ich? Bin ich denn verrückt?» Hoda war insgeheim erleichtert, denn Yvonne hatte offenbar nicht bemerkt, dass sie nicht schwimmen konnte.

«Wenn du nicht mitkommst, geh ich allein.»

«Yvonne, jetzt mal im Ernst, diese Felsen sind sehr hoch. Also wirklich.»

«Glaub mir, im Libanon bin ich schon von ganz anderen Felsen gesprungen.»

Yvonne lief zu den Felsen, die aussahen wie wilde Hengste; stellenweise waren sie fahlschwarz und porös wie Zähne, die schon Ewigkeiten hinter sich hatten. Sie kletterte auf allen vieren hinauf wie eine Ziege. Oben angekommen, sprang sie nicht gleich ins Wasser, sondern unterhielt sich mit den jungen Männern. Dann blickte sie in die Tiefe und setzte daraufhin ihre Unterhaltung fort. Sicher hatte sie Angst. War sie wohl auf diese Felsen da hinaufgeklettert, um hinunterzuspringen, oder um jemanden kennenzulernen, fragte sich Hoda. Am Abend zuvor, kurz bevor sie das Licht löschte, hatte Yvonne ihr erklärt: «Ich habe das Gefühl, dass ich mich in diesen Ferien verlieben und heiraten werde.»

Die Zeit verging. Yvonne sprach mit den jungen Männern und blickte in die Tiefe, als wollte sie das Meer in Augenschein nehmen. Ganz sicher hatte sie Angst. Ob einer von denen sie plötzlich zum Spaß schubsen würde?

Hodas Herz raste. Sie sah es unter ihrer Haut pochen wie ein Frosch. Die Wärme setzte ihr zu, und ihr Körper ächzte. War es Erschöpfung, war es Angst? Die brennende Hitze fraß ihren Magen, und sie fühlte sich matt. Das Meer war schließlich nichts anderes als Land mit Wasser darauf, versuchte sie sich zu beruhigen. Es überflutet eine Fläche wie der Regen, der vom Himmel fällt. Auch dieser muss einen Platz finden, wenn auch nur vorübergehend. Wenn man Yvonne schubste, würde sie sicher nicht ertrinken; sie schwamm ja wie ein Fisch. Dort steht sie, jetzt springt sie hinunter. Sieht aus wie jener weiße Streifen, den Flugzeuge am blauen Himmel hinterlassen. Nun trifft sie aufs Wasser. Nun taucht ihr Kopf wieder auf, sie lacht. Hörte sie das Klatschen der jungen Leute? Hatte sie Hodas Seufzer gehört?

Hoda beobachtete Yvonne, die wieder auf die Felsen kletterte, nicht weiter. Sie stand auf und ging zu dem Streifen roter Erde, um sich in den Schatten der Pinien zu setzen. Die Sonne hatte ihr das Wasser aus Augen und Ohren gesogen, sogar aus dem Bauchnabel, wo es sich angesammelt hatte. Sie ließ sich unter einem Baum nieder und betrachtete die Wurzeln, die sich wild ausdehnten, wie Fallstricke für Fußgänger. Die Felsen schienen wieder Schauplatz von Schrecknissen und Meeresdschungel geworden zu sein. Im Schatten war es verhältnismäßig kühl, und Hoda gewann ihr Gleichgewicht zurück.

Jetzt schien ihr das Meer blau und freundlich, es berührte Bäume und Himmel. Der Himmel und der Horizont versöhnten sich mit dem Meer. Sie wurde ruhig.

Das Meer ist nur Land mit Wasser darauf. Sie sollte nicht so furchtsam sein. Nur sie selbst kann sich das Schwimmen beibringen. Nicht all die anderen, die ihr dabei helfen wollten, die sie mit der Hand unter dem Bauch stützten und glaubten, sie wären so sicher wie ein Rettungsring. Sie sah in diesen Händen nur Schlangen, kälter noch als das Wasser, auch bewegter und gewundener. Nicht einmal im Arm des Mannes, den sie liebte, entspannte sie sich, dem Arm, dem sie vertraute und der sich liebevoll um sie legte, wie ein denkender und fühlender Mensch, dem Arm, den sie liebte und dem sie sogar die Fingernägel schnitt.

Das Meer war ihr schon lange unheimlich. Seit jenem Bild einer phönizischen Prinzessin, die neben ihrem Prinzen schritt, während ihr Hund mit einer Muschel spielte. Das Maul des Tieres war purpurfarben und bildete einen Gegensatz zu dem Blau des Meeres. Hoda beugte sich darüber und schrieb: «Die Purpurfarbe wurde in der Stadt Tyrus entdeckt, einer phönizischen Stadt, die wie Beirut am Mittelmeer liegt.» Dann nahm sie Farbstifte, um das Gewand der Prinzessin und des Prinzen aufs schönste auszumalen, und die Welt um die beiden herum bestand aus Regenbogen, durchs Blau geflochten. Doch statt sich darüber zu freuen, die Schulaufgaben fertig zu haben, empfand sie einen Schmerz. Nicht wie Zahnweh oder ein aufgeschürftes Knie. Es war ein Schmerz, der am Hals begann und sich bis tief in ihren Leib hinunterzog. Nach dieser Welt und den Farben, die sie aufs Papier malte, verlangte es sie, nicht nach ihrem Haus, dem jede Farbe fehlte, jedes Bild, jede Melodie. Die Sofas braun, die Tische dunkel, obwohl der Wohnung das Meer nicht völlig fremd war. Eine einzige große Muschel, als Aschenbecher gebraucht, heiterte den Salon auf, während der riesige Radioapparat dem Kopf eines strengen Mannes glich, dessen Mund der Heilige Koran und die edlen Prophetenworte entströmten, sobald man den Knopf betätigte. Außer dem Aschenbecher stimmten sie noch die Orangenschalen froh, die man zum Trocknen auf das Fenstergitter legte, um sie, einmal pro Woche, wenn die ganze Familie badete, zusammen mit Pappkarton zum Heizen des

Badeofens zu verwenden. Die Schmerzen begannen in der Kehle. Sie glaubte, ersticken zu müssen, weil ihr ein Spaziergang am Meer wie derjenige dieser phönizischen Prinzessin mit einem Mann wie diesem Prinzen und einem Hund wie dem auf dem Bild verwehrt war, und weil ihr Blick auf das Blau des Meeres und die Farben der Gewänder nur im Traum fiel – wenn ihre Träume farbig und nicht wie üblich schwarzweiß waren.

Hoda war überzeugt, dass es die Flasche mit dem Dschinn, die man am Strand findet, wirklich gab, auch dass sie selbst in einer solchen Flasche steckte. Sie ging hinauf auf die Dachterrasse, um zu sehen, ob Beirut wirklich eine phönizische Stadt am Rande des Mittelmeeres war. Doch sie sah nichts als niedrige Häuser mit verwilderten Gärten. Ein einziges hohes Gebäude gab es, übersät mit roten Farbflecken. Viele Treppen, die von Stockwerk zu Stockwerk führten. Nachbarn, die auf den Dächern und Balkonen plauderten, Tauben, die umherflogen und sich niederließen. Ein Hahn krähte, Kinder heulten, ab und zu hörte sie eine Katze schreien oder sah, wie sie umherschlich und heimlich eine Nachbarin beobachtete, die ein Stück Fleisch auf einer Marmorplatte mit einem Holzhammer klopfte, um dann, wenn alle dünnen, weißen Sehnen entfernt waren, näher zu kommen und zu miauen, bereit, die Abfälle sofort zu verschlingen.

Wo war die phönizische Stadt, die über dem Meer thronte? Wo das Meer? Sie sah nichts als dieses Bassin in einem Garten, randvoll mit Erde, und eine Zisterne, über der rote Wespen schwebten. Und noch ein weiteres Bassin in noch einem anderen Garten mit einem Goldfisch darin, krank vom Müll, der im Wasser lag, das aus einem Hahn tropfte und Hoda beim Schlafen störte.

Sicher, irgendwo in Beirut gab es das Meer. Sie malte es mit einem blauen Farbstift in ihrem Erdkundeheft aus, und in der nächsten Klasse lernte sie, was man tun musste, damit es wie eine gleichmäßig blaue Fläche aussah. Man zerschnitt mit einer Rasierklinge die Spitze des blauen Farbstifts in kleine Krümel und verrieb diese mit einem Stück Stoff auf dem Blatt. Das Meer war immer links. Darüber schrieb sie mit geneigter Schrift «Mittelländisches Meer», ein langes Wort, der Weite des Meeres angemessen. Aber das Meer blieb auf dem Blatt gefangen, bis sie es zum ersten Mal sah, zwischen Coca-Cola-

Reklametafeln und großen Gebäuden hindurch. Es war nicht dunkelblau, wie sie es sich vorgestellt hatte, sondern blausilbern, und es schimmerte. Es glich der Haut eines frisch geschabten Fisches. Rasch verschwand es wieder aus ihrem Blick.

Dann sah sie es ein zweites Mal, diesmal aus der Nähe. Sie stand auf der Straße. Es erstreckte sich weithin. Sie sah die Wellen und sie sah eine Ratte, die für Augenblicke ihr Schlupfloch in einer Mauer verließ, und sie sah die Felsen, einen gewaltigen Felsberg, der aus dem Meer ragte, der Rauscha-Felsen, den man auch den Selbstmörderfelsen nannte. Und die Selbstmörder, das waren immer Liebende. Aber wie kamen sie hinauf? Wie waren die Pfadfinder hinaufgekommen, um ihre Standarte aufzupflanzen? Hoda war in Begleitung ihrer Großmutter und deren Freundin, doch sie musste entdecken, dass es kein normaler Spaziergang war. Sie setzten sich nirgends hin, um Pistazien zu knabbern und Saft zu trinken. Die Freundin der Großmutter weinte und rief unablässig den Namen ihrer Tochter. Sie zeigte auf den Felsen, schlug sich an die Brust und begann aufs Neue zu jammern. Plötzlich blieb sie stehen und kaufte ein paar Erdnüsse bei einem Schwarzen, den sie fragte, ob er aus dem Sudan stamme, ob er in Beirut glücklich sei und ob er sich nach seiner Familie sehne. Dann brach sie wieder in Tränen aus. Ihre Tochter hatte Selbstmord begangen, weil sie nicht den Mann heiraten wollte, den ihr Vater für sie ausgewählt hatte.

Zum dritten Mal hatte Hoda das Meer gesehen, als die Bewohner von Beirut hinaus eilten, um ein gestrandetes italienisches Schiff zu betrachten, das im Sand steckte. Zu diesen Bewohnern gehörten auch die Leute aus Hodas Viertel, Groß und Klein, selbst die fette Nachbarin, die nur zum Bettenmachen aufstand. Alle anderen Hausarbeiten verrichtete sie im Sitzen, wobei sie auf der Erde wie ein Ball von einer Stelle zu einer anderen rollte und dabei mit Kessel, Gasherd, Gemüse, Fleisch, Waschschüssel und Kaffeekanne hantierte.

Die Bewohner des Viertels stiegen aus dem Bus. Auch Hoda, in Begleitung ihres um einige Jahre älteren Bruders. Alle rannten wie die Heuschrecken über den Sand, der sich wie Weizenschrot anfühlte. Hoda tauchte ungläubig die Hand ins Wasser. Sie sah das Schiff. Es glich einem riesigen schwarzen Vogel, der einen Flügel in den Sand gepflanzt hatte, während der andere weiter auf dem Wasser trieb, Sonne und Gischt ausgesetzt.

Sie konnte sich nicht erinnern, ob sie an jenem Tag auch ihre Füße ins Wasser getaucht hatte. Aber die Füße der mehr oder weniger alten Frauen aus dem Viertel waren ihr noch deutlich in Erinnerung, Füße mit hervortretenden Adern und verformten Fersen, die aussahen, als hätte man sie mit einer Schere oder einem Messer gestutzt. Sich die Füße ihrer Mutter zu vergegenwärtigen, gelang ihr jedoch nicht. Sie hatte sie nur selten ohne die dicken, schwarzen Strümpfe gesehen. Aber an eines erinnerte sie sich: Als sie ihr Kleid auszog, um zum ersten Mal in einen Badeanzug zu schlüpfen, dachte sie an die schwarzen Strümpfe ihrer Mutter, auch an ihren schwarzen Umhang und den schwarzen Turban ihres Vaters. Sie versuchte, diese Bilder wegzuwischen, als sie sich in dem geborgten Badeanzug sah. Mein Gott, flüsterte sie, jetzt trag ich einen Badeanzug! Dann rannte sie ins Wasser, ins «überdachte Meer» des so genannten Frauenbads, das auf drei Seiten durch Wände abgeschirmt war, während die vierte zum Meer hin offen lag. Dort lief auch ein Steg quer übers Wasser.

Zufällig hatte Hoda erfahren, dass die Mädchen des Viertels in Begleitung einer Tante regelmäßig am Sonntag baden gingen. Als sie unter Tränen ihrer engsten Freundin Vorhaltungen machte, weil sie diese Ausflüge vor ihr geheim gehalten hatte, und sie fragte, ob denn das Meer nur für die einen und nicht für die anderen da sei, gestand ihr die Freundin, ebenfalls unter Tränen, sie hätten sich nicht getraut, sie mitzunehmen, aus Angst vor ihrer Mutter und ihrem Vater. Da weinte Hoda noch mehr und raufte sich verzweifelt die Haare. Ihr Vater war ein Religionsgelehrter, und ihre Mutter stammte aus einer religiösen Familie. Das würde sie auf immer verfolgen und ihr nicht nur die Türen, sondern auch das kleinste Schlupfloch im Leben versperren, und das, obwohl Hoda die Aufgeschlossenste unter ihren Freundinnen war, arabische und französische Lieder kannte, Witze erzählen konnte, Schauspielerinnen und Leute aus dem Viertel nachäffte, allen voran den eigenen Vater und die eigene Mutter. Die Tante brauchte Hoda nicht zu warnen, dieses Geheimnis auszuplaudern, denn es war allgemein bekannt, dass ihre Eltern Strafe und Züchtigung austeilen würden, nicht allein an ihre Tochter, sondern auch an diese Tante und an alle, die zum Meer gingen.

Ihr Zorn würde auch die Eltern der anderen ereilen. Baden im Meer war etwas Verbotenes, selbst in diesem überdachten Frauenbad. Meer, das hieß, einen Badeanzug zu tragen, das hieß, dass der Ruf der Mädchen besudelt würde, wie ein silberner Teller, über den sich eine Schliere zog und die glänzende Oberfläche befleckte.

Wenn bekannt und ruchbar würde, dass die Töchter aus diesem traditionellen Viertel zum Baden ans Meer gingen, würde selbst der Hinweis auf das Frauenbad am Skandal nichts ändern. Schließlich lag dieses auch noch im anderen Teil der Stadt, dem moderneren und offeneren, dort, wo es Nachtclubs gab, ausländische Künstlerinnen und internationale Geschäftsleute, wo Frauen mit hohen Absätzen herumtrippelten, in Sandalen, aus denen dunkelrot lackierte Fußnägel hervorschauten. Sie führten dickwänstige Hündchen herum, die nur die ärmlichen Passanten ankläfften. Zum Meer gehen, selbst zum «Frauenmeer», das hieß, durch Straßen mit Hotels und Buchhandlungen gehen, in denen ausländische Zeitschriften auslagen mit Frauengesichtern und Frauenkörpern auf der Titelseite, und wo Heftchen und Romane verkauft wurden, die von Liebe,

Leidenschaft und Verrat handelten. Wer in diesen Vierteln wohnte, war anders als die Leute aus Hodas Gegend. Hier trug man in Taschen und Tüten nicht nur Fleisch und Gemüse, sondern auch seltsame importierte Früchte. Hier bewegten sich die Leute nicht, als ob sie alle Sorgen dieser Welt auf ihren Schultern trügen. Ja, sie suchten sogar Restaurants auf und speisten dort und hielten es nicht für skandalös, dafür immense Summen auszugeben, und das, obwohl sie doch ganz in der Nähe wohnten.

Als Hoda mit den anderen die Straßenbahn in Richtung Frauenbad bestieg, wünschte sie, jeder darin erführe, dass sie auf dem Weg zum Meer war. Und so gerne hätte sie einen Strohkorb getragen mit einem eigenen Badeanzug darin, statt dieses Badeanzugs, den sie unter den Kleidern trug und von einer Verwandten ihrer Freundin geliehen hatte.

Nachdem die Straßenbahn auf dem Weg nach West-Beirut den Märtyrerplatz überquert hatte, waren die meisten Fahrgäste Studenten der Amerikanischen Universität und der umliegenden Schulen. Hoda betrachtete ihre verschiedenartigen Kleider, besonders diese weißen Strümpfe mit schwarzen und roten Streifen und ihre Schuhe, Tennisschuhe, wie sie sie noch nie zuvor gesehen hatte. Solche hätte sie auch gern getragen! Und gern hätte sie die Blicke einer Studentin, die einen Tennisschläger trug, auf sich gelenkt, doch vergeblich. Da schwor sich Hoda, auch einmal an der Amerikanischen Universität zu studieren.

Die Straßenbahn hielt zwischen ein paar prächtigen Gebäuden. Die Tante stieg aus, nachdem sie sich vergewissert hatte, dass die sechs Mädchen auf dem Gehsteig standen. Sie kamen an gemischten Schwimmbädern und zahlreichen Hotels vorbei und blieben schließlich im Lärm stehen, der aus einem tür- und schildlosen Eingang quoll. Der Boden war nass, der Ort in Halbdunkel getaucht. Hoda folgte den anderen. Eine Frau, eine Zigarette in der einen Hand, hielt der Tante die andere hin, um das Eintrittsgeld in Empfang zu nehmen, das diese von den sechs Mädchen unterwegs eingesammelt hatte. Ob eines der Mädchen einen Badeanzug leihen müsse, fragte die Frau, an deren Bluse ein Knopf offen stand und den Blick auf einen Teil ihres Busens freigab, der aussah wie ein Kinderpopo. Sie zündete sich genüsslich die nächste Zigarette an, während die Mädchen in die enge, finstere Umkleidekabine huschten und dann in die Halle rannten, wo Frauen- und Wogenlärm miteinander wetteiferten.

Hoda stieg ein paar Stufen zum Wasser hinunter, das unter dem hölzernen Steg hindurch an den Felsen schlug, der mitten in der Halle aufragte. Das sollte nun das Meer sein? Wasser, das an Wände schlägt. Sie wäre gern geflohen, weit weg aufs weite Meer, fort von den Kindern, Müttern und Großmüttern, fort auch von dieser Frau mit den roten Pusteln auf dem Körper, die aussahen wie Hibiskusblüten, nur dass statt der Knospe in der Mitte ein gelber Eiterpickel stand. Eine andere Frau trug einen so ausgeleierten Badeanzug, dass ein Teil ihres buschigen Schamhaars sichtbar war, was Hoda an die braunen Fäden von Maiskolben erinnerte.

Die Blicke der Mädchen aus dem Viertel ruhten auf Hodas magerem Körper. Jetzt fehlten ihm der aufgeblähte Rock, die vier Unterhosen, die beiden baumwollenen Unterhemden. Hoda stand da, allein mit ihrem Spitznamen «Umm Saadallah», dem Namen jener über hundertjährigen Frau, deren Körper zusammengeschrumpft war und verhutzelt wie ein Faltenrock. Noch weitere Spitznamen fielen ihr ein, «Knochensuppe» zum Beispiel und

«Kibbefladen am Stiel». Schließlich holte ihre engste Freundin sie aus dieser deprimierenden Situation und nahm sie bei der Hand, glücklich und begeistert. Hoda fügte sich und überließ sich dem Wasser, das sie aufnahm, das sich über sie ergoss und überall tauweiche Salzkörnchen hinterließ. Sie sah ihren Körper unter Wasser, braun und unbehaart. Eine Besonderheit der braunen Farbe. Die feinen Härchen sind darauf nicht sichtbar. Ihre Freundin bemerkte es und fragte, ob ihre Mutter ihr gleich bei der Geburt Gesicht und Körper mit Fledermausblut eingerieben habe, und sie deshalb keine Haare, ja, nicht einmal einen Flaum bekam? Hoda freute sich im Stillen über dieses Kompliment und lächelte.

Das Wasser wusch ihr die Spuren der schwarzen Schuhe, die sie an diesem Tag trug, von den Füßen. Zu Beginn des Winters färbte ihre Mutter nämlich ihre weißen Schuhe immer schwarz, und bis jetzt hatte sie ihr noch keine neuen weißen gekauft. Das Wasser machte sie leicht wie eine Feder und trieb sie nach Belieben hin und her. Sie klammerte sich an dem Felsen fest. Archimedes hatte Recht. Sie schaukelte dahin, und ihr Körper war nicht einmal ganz im Wasser. Sie spürte, dass sie einen Schatz besaß.

Sie empfand ihren Körper als ein Geschenk. Er war also nicht nur geschaffen, um Funktionen zu erfüllen und sie am Leben zu erhalten – die Aufnahme und Abgabe von Speis und Trank oder die Versorgung mit Sauerstoff, Blut und Plasma. Er begnügte sich nicht allein damit zu laufen, zu schlafen und zu gehen. Er wollte auch spielen. Sie spielte mit ihm wie mit einem Spielzeug. Trieb und drehte sich um sich selbst, planschte mit der Hand, mit den Füßen. Machte es wie alle anderen, die glücklich im Wasser tobten, und wie die Mütter, die ihren Kindern Wasser über Kopf und Gesicht gossen, das sie mit den Händen schöpften, als pflückten sie Früchte.

Niemand unternahm auch nur den Versuch zu schwimmen, weder Groß noch Klein. Die Mütter riefen ihren Kindern zu, sich in Acht zu nehmen, das Meer sei trügerisch. Das Meer bleibt Meer, an jedem Ort, selbst wenn es in einem Raum gefangen ist, selbst wenn es nur bis zur Hüfte reicht, selbst wenn ein aufgeblasener Autoschlauch wie ein Rettungsring um den Körper liegt. Das Wasser war nicht blau, nicht azuren. Wie sehr Hoda diesen Begriff liebte, «das azurblaue Meer». Wie sehr sie die Worte «Venezuela» und «Ozean» liebte und über den Ausdruck

«Pazifik» lachen konnte, der auf Arabisch «du hast meine Unterhosen an» bedeutete. Das Wasser war farblos. Sie griff danach. Es war nicht weiß. Warum nannte man es dann «das Weiße Mittelmeer»? Das Wasser war da und war nicht da. Und trotzdem trug es sie. Wenn sie sich treiben ließ wie dieses Kind da, ginge sie wohl unter. Das Wasser ist das erste Element, oder ist es das zweite? Sie erinnerte sich nicht mehr, was sie in ihrem Lesebuch über die beiden Elemente, das Wasser und das Feuer, gelernt hatte. Sie erinnerte sich aber, wie die Lehrerin auf den Stillen Ozean wies und eine unaufmerksame Schülerin fragte, was denn das sei, worauf diese antwortete, es sei der Himmel.

Die Aufseherin, die Frau mit der Zigarette und den Holzpantinen, fauchte eine Mutter an, die ihrem Kind etwas zu essen geben wollte, essen sei verboten, und eine andere, weil sie ihren Jungen aufforderte, ins Wasser zu pinkeln, dieser sich aber weigerte und sich weinend sein Pimmelchen zuhielt.

Hodas Freundin und die anderen Mädchen folgten der Tante. Gemeinsam schauten sie aufs Meer hinaus. Das Meer war weit. Es erstreckte sich jenseits dieses Stegs. An der Küste ragten Berge und Häuser in die Höhe. Hoda hatte das Gefühl, mit fünfzehn Jahren endlich in die phönizische Stadt gekommen zu sein. Sie sah kleine, schmale weiße Boote, die man «Hassak», «Gräten», nannte und die wie ein Fischskelett aussahen. Wieso lebten die Menschen eigentlich nicht alle gleich? Wieso gab es schöne und offene Straßen? Und andere, die finster waren und voll von Katzengeschrei? Wieso war ihr Vater nicht wie dieser Fischer, der seine Netze einholte und dabei mit seinem Freund scherzte? Wieso konnte jener Bursche, der da auf den Holzsteg zuruderte und sie alle anschaute, nicht ihr Bruder sein?

Aber schon tauchte die Aufseherin mit den Holzpantinen wieder auf und rief den Mädchen warnend zu, sie sei nicht blind wie eine Fledermaus; außerdem besitze sie eine Nase wie ein Hund und Ohren wie ein Maulwurf. Sie schätze es gar nicht, wenn die Männer von den anderen Schwimmbädern in das ihrige peilten. «Wer anbandeln möchte, hat gefälligst in ein gemischtes Bad zu gehen», fügte sie drohend hinzu.

Ein junges Mädchen protestierte und zeigte auf eine Ausländerin im Bikini: «Und was ist mit der da? Die Männer umkreisen sie, nicht uns.» «Diese

Ausländerin liegt hier», entgegnete die Aufseherin, «weil sie nicht in einem gemischten Bad belästigt werden will. Außerdem glaube ich nicht, dass die Männer sie sehen können, ausgestreckt, wie sie da liegt. Ihr dagegen steht aufrecht wie Fahnenstangen.»

Eine Frau, die Französisch konnte, fragte die Ausländerin, warum sie im Frauenbad und nicht in einem gemischten Bad sei. Sie wolle sich erst mal bräunen, bevor sie in ein gemischtes Bad gehe, antwortete die Französin, jetzt sei sie ja noch käseweiß. Vielleicht sog das Meer seine Farbe aus der Sonne wie die Blumen. Das Meer brauchte den Himmel als Spiegel, aber die Decke dieser Halle bestand nur aus vorspringenden, grauschwarzen Felsen, dachte Hoda, als sie das Meer drinnen mit dem Meer draußen verglich. Das Meer war wie Zuckerwatte. Je mehr sich davon im Mund auflöst, desto gieriger verlangt man danach. Jedes Jahr mitten im August fuhr die «Spritze» vorbei, wie die Leute im Viertel den Tankwagen nannten, der nach beiden Seiten Wasser spritzte. Als kleines Mädchen hatte Hoda sich immer rasch die Schuhe ausgezogen, sich mit den Nachbarskindern an den Straßenrand gestellt und sich nassspritzen lassen, um die Gluthitze zu löschen, die sich auf den kleinen Körpern der Kinder und Katzen niederließ und nicht mehr wich.

Erfrischt verließen sie das Frauenmeer. Die Tante griff nach Hodas Zöpfen und dankte Gott, dass sie nicht nass geworden waren. Sie habe sie hochgenommen und mit zwei Haarnadeln festgesteckt, erklärte Hoda.

Erst vier Jahre später tauchte Hoda ins eigentliche Meer ein. Sie lief über den weißen Sand, streckte sich auf einem bunten Handtuch aus, bekleidet wiederum mit einem geborgten Badeanzug. Überall erklangen europäische Musik und westliche Schlager. Ihr schlanker Körper dachte an Jungen und an wilden Tanz. Sie vermied es, sich allzu lange in die Sonne zu legen, aus Angst, ihre Eskapaden könnten auffliegen. Doch schließlich brachte es die Sonne an den Tag, genau genommen ihr Verschwinden. Weil sie nicht mehr schien, begann der feuchte Badeanzug, der ins Handtuch gewickelt war, faulig zu riechen. Hoda trug das Paket mal dahin, mal dorthin, wie der Skorpion seine Jungen. Sie dachte daran, es oben auf der Dachterrasse, die sie mit anderen Familien teilten, aufzuhängen, fürchtete aber, die ewig tratschende Nachbarin könnte sich bei ihren

Eltern beschweren. Auch an die andere Nachbarin dachte sie, diejenige, die so gern las. Auf dem Boden ihres Balkons hätte sie Badeanzug und Handtuch ausbreiten können. Doch dann fürchtete sie, der geborgte Badeanzug könnte von den Tauben verdreckt werden, die der Ehemann dieser Nachbarin züchtete. Nach Tagen war der Badeanzug noch immer nicht trocken, sondern schied inzwischen einen Geruch aus, der Hodas Mutter nicht entgehen konnte, ihr, die es gewohnt war, das Essen zu riechen, das die Großmutter immer unterm Bett und im Schrank versteckte, bis es stank.

Hoda leugnete, baden gewesen zu sein und sich im Badeanzug gezeigt zu haben. Sie habe ihn bei ihrer Freundin Salwa anprobiert, deren Badezimmer über eine Wanne verfüge. «Darin tauchen und baden wir, als wären wir im Meer. Ihr verbietet es uns ja. Wir versuchen, so zu sein, wie alle anderen Mädchen und alle anderen Menschen.» Doch ihre Mutter überzeugte das nicht: «Wie kommt dann der Sand in den Badeanzug? Siehst du, das ist der Beweis. Siehst du, da ist Sand.» Und da waren auch die kleinen Muscheln, die Hoda aufgelesen und in ein Stück Zeitungspapier gewickelt hatte. Doch sie ließ weder

Sand noch Muscheln als Beweise für das Verbrechen gelten, das sie begangen haben sollte. «Natürlich haben wir Sand und Muscheln in die Badewanne gestreut», rief sie eine Spur zu laut. «Wir wollten das Gefühl haben, wirklich im Meer zu sein. Ihr verbietet uns ja, zu sein wie alle anderen.»

Ihre Lüge konnte ihren Vater nicht davon abhalten, sich die Haare zu raufen und in Tränen auszubrechen. Er schüttelte den Kopf und murmelte, den Blick nach oben gerichtet, in der klaren Sprache des Koran: «Meine Tochter, bekleidet mit dem Laster, offenbart ihren Körper den Männern. Wohin soll ich mich verkriechen, ich, ein Mann der Religion, der die anderen auf den rechten Weg führen soll? Wo soll ich mit meinen Gebeten hin, wo mit meinem Glauben? Wie könnte ich meine geliebte Tochter in die Hölle fahren lassen, in die Qualen der Hölle und des ewigen Feuers?»

Nach diesem Vorfall trug ihre Mutter noch öfter schwarze Kleider. Sie betete auch noch mehr. Ihre Stimme wurde schwächer, und sie sprach nicht mehr mit Hoda.

Ein junger Mann holte Hoda in die Gegenwart zurück, an den Strand in Italien. Er umkreiste sie.

Irgendwie erinnerte er sie an jemanden, dem sie schon einmal begegnet war. Sein Gesicht war ihr vertraut. Er lächelte ihr zu und kam näher. Vielen gefiel sie auf den ersten Blick. Den meisten Männern, denen sie begegnete, gefiel ihr Körper. Das war so seit dem ersten Mann in ihrem Leben, den sie am Strand von Beirut kennengelernt hatte.

«Möchten Sie am Privatstrand dieser Villa dort baden?», fragte der junge Italiener und wies zu der Stelle, wo der Spazierweg über die Felsen endete. Da fiel es ihr ein. Es war der Mann, der mit erstaunlicher Geschwindigkeit eine Pinie zeichnen konnte. Sie hatte ihn nicht gleich erkannt, weil er jetzt eine Badehose trug. «Sie können auch im Park der Villa spazieren gehen», fügte er hinzu, noch bevor sie hatte antworten können. «Ich bin mit der Instandhaltung der Gärten beauftragt.»

«Und ich dachte, Sie wären Maler.»

«Eigentlich bin ich Agraringenieur und für die Pflege der Bäume und Pflanzen hier in der Gegend verantwortlich. Der Park der Villa ist berühmt, und ihr Strand ist frei von Felsen und Steinen.»

«Danke, aber ich warte auf meine Freundin.» Sie zeigte hinüber zu den Felsen.

«Sie kann gerne mitkommen. Ich bin den ganzen Tag dort.»

«Sie will sicher nicht aus dem Wasser raus, aber ich werde sie fragen. Danke.»

«Machen Sie hier Urlaub?»

Sie nickte. Wenn sie nicht beide Badekleidung getragen hätten, wäre ihre Begegnung vielleicht etwas lockerer gewesen. So aber konnten sich ihre Blicke nur auf das Gesicht richten oder in die Ferne schweifen.

Hoda erinnerte sich, dass sie sich wegen der Blicke eines jungen Mannes, der sie einmal in Beirut ansprach, ein Handtuch um die Hüften gelegt hatte, obwohl sie damals einen einteiligen Badeanzug trug, nicht so einen wie jetzt, diesen Bikini, der fast alles sehen ließ.

Yvonne sprang zum vierten Mal. Sie stach die jungen Männer aus, die völlig perplex über so viel Vitalität und Mut schienen. Wenn ihr Wasser unter die Augen kam, war sie ganz außer sich und kannte weder Zögern noch Furcht. Sie holte Luft, sprang, tauchte in das für Momente finstere Meer ein, dann öffnete sie die Augen und sah das kristallklare Wasser. Und bei jedem Eintauchen hatte sie das

Gefühl, wie die Jungfrau Maria und ihr Sohn, der Messias, Wunder wirken zu können, sich selbst vor dem Ertrinken zu retten, weil ihre Wirbelsäule sie hochsausen ließ wie ein Jo-Jo.

Die jungen Männer fragten, woher sie kam. Sie sei ja, obwohl echt blond und nicht fake, sicher nicht von hier. Als passte ihre Schönheit nicht zu der Art, wie sie diese Felsen erklomm und sich dann tolldreist auf der anderen Seite hinabstürzte. Dort war es noch höher, die scharfen Kanten boten nur Platz für einen Fuß und drängten jeden, der springen wollte, zur Eile, wie von Peitschen getrieben.

«Ich stamme aus dem Libanon, aus dem Norden. Ich bin am Meer geboren», erklärte Yvonne strahlend und ohne Umschweife. Dabei schaute sie sie an, einen nach dem anderen. Die Burschen waren jünger als sie, aber sie war draufgängerischer und unternehmungslustiger, nicht umgekehrt.

Ja, sie war in einem Haus geboren, dessen Fenster alle aufs Meer schauten. Oder schaute das Meer zu ihnen hinein? Es dehnte sich aus und besetzte das trockene Land. Sie konnte es gar nicht glauben, dass es Städte wie Beirut oder Tripoli geben sollte, mit Märkten und Kinos. Unvorstellbar, dass es ein Stück

Land geben sollte, auf dem Flugzeuge starten und landen konnten, oder schneegekrönte Berge. Das Meer, das war die Welt. Das Meer bestimmte den Wechsel der Jahreszeiten. Das Meer war Quelle ihrer Nahrung. Das Meer war Ursprung des Salzes. Das Meer spuckte die Toten aus. Das Meer ließ sie seltsame Tiere wie die Robbe entdecken. Das Meer lehrte sie den Zauber und das Unbegreifliche im Fisch, den ihr Vater fing. Wenn sie ihn aus dem Backofen holte und die Gräten herauszog, verwandelte er sich in der Schüssel in eine weiche Masse. Wenn das Haus die Augen aufschlug, war die erste Frage: Wie ist das Meer heute? Wild oder ruhig? Verregnet oder sonnig? Wie ein Spiegel? Wie Öl? Spielt es verrückt? Ist es wolkig? Still oder tosend? Was essen wir heute? Seeigel, Fisch oder Nadelfische? Oder suchen wir im feuchten Sand nach Ptolemäusmuscheln?

Der Ort, in dem sie wohnten, war weder durch einen Laden, noch durch ein Café oder eine Busstation bekannt, sondern allein durch die Giraffenfelsen, die so hießen, weil einige davon Giraffenhälsen ähnelten, außerdem durch die schwarzen Klippen, das Kap und die Salinen. Sogar Redewendungen entstammten dem Meer. «Ich liebe dich wie das Meer», sagte man, wenn man jemanden sehr mochte, und «Reis wie Meer», hieß Reis in Hülle und Fülle. Jemand konnte «so schlau sein, dass er dich ans Meer mitnahm und dich durstig zurückbrachte», und «Katzen, die in einem Sack zum Meer gebracht und ihrem Schicksal überlassen wurden, sind schon vor demjenigen wieder zu Hause, der sie loswerden will». Eine «Schaukel», das war ein altes Schiff, das zwischen zwei Bäumen aufgehängt war. Ja, das Meer kletterte in Yvonnes Bett und nistete sich in ihren Gedanken ein. Wie lange dauert es, bis das Wasser aus den flachen Salinen verdampft und nur noch das Salz übrig ist? Merken die Insekten, die auf dem Salz herumhüpfen, dass sie es nicht mögen? Tötet es sie, wie es die Schnecken tötet, die sich zusammenringeln und vergeblich versuchen, es wieder loszuwerden? Sie hörte das Rollen des Meeres. Doch sobald sie einschlief, schlief auch das Meer ein. Und sobald sie aufwachte, wachte es auch auf. Schwimmen zu lernen gab ihr großes Selbstvertrauen. Als ihr Vater fand, es sei an der Zeit, forderte er sie auf, Hände und Füße mit aller Kraft zu bewegen, und versprach ihr, er werde seine Hand nicht unter ihrem Bauch wegziehen. Sie strampelte in aller Ruhe und mit aller Kraft im Wasser, vergaß seine Hand und merkte irgendwann, dass sie aus eigener Kraft schwamm. Sie hielt die Luft an, wie er es ihr zeigte. Hielt sie an, wieder und wieder, zehn Sekunden, zwanzig. Yvonne wurde Meisterin darin, die Luft anzuhalten, die Grundlage des Lebens. Sie legte sich einen Stein auf den Bauch, damit sie nicht nach oben trieb. Sie stellte sich vor, wie das Wasser ihre Ohren füllte und von dort bis tief in die Nase und noch weiter drang, und wenn sie Luft holen musste, glaubte sie, das Wasser sei in ihre Ohren und bis tief in ihren Kopf vorgedrungen und werde nun in ihr Gehirn aufsteigen. Sie würde leicht werden und schweben. Sie konnte gar nicht genug bekommen von jenem Gefühl ständig wachsender Sicherheit und Zuversicht, und schließlich griff sie nach den offenen Muscheln, den Seeigeln, die sich an den Felsen festkrallten, und den Krebsen mit den grünen Augen, als wäre sie an Land und nicht unter Wasser. Sie kam aus dem Meer, die Hände voller Beute. Drei oder vier Tiere in jeder Hand. Sie legte alles in einen Korb und tauchte nochmals hinunter, mit einem Metallspieß, den sie sich zurechtgebogen hatte, oder einem Messer, das einem Schraubenzieher glich, um noch mehr hochzuholen. Sie war ganz Stolz, weil sie mit etwas Essbarem nach Hause kam, und wartete auf eine Reaktion ihrer Mutter, ein Lob oder eine Ermutigung. Sie entdeckte die vielen Geheimnisse des Schwimmens. Wie man zum Ausgangspunkt eines Unterwasserausflugs zurückfand. Wie man die Distanzen im Meer wie Wege und Straßen an Land abschätzte. Sie schwamm hinaus, bis sie nur noch die Kuppel der Kirche sah, dann zurück, bis das Dach ihres Hauses wieder auftauchte. Die Wogen haben die Phönizier bis an die fernsten Enden des Mittelmeers und anderer Gewässer getragen und sie wieder nach Phönizien zurückgebracht. Aber das Meer mag noch so weit und noch so mächtig sein, es wird doch von den Winden beherrscht. Als ihr Nachbar einmal mit leeren Netzen zurückkam und sie ihn darauf ansprach, erklärte er, der Grund verschlucke all die Fische, die sich vor dem Sturm fürchteten, und entlasse sie erst später wieder aus seinen Tiefen. Er finde es aber nicht gut, Dynamitstäbe zu verwenden, wie das ihre Onkel täten. Der Anblick der toten Fische, die auf der Wasseroberfläche trieben, sei ein Albtraum für sein Auge. Doch Yvonne ließ sich damit nicht abspeisen. «Was ist der

Unterschied? Du fängst sie ja auch, um sie zu essen?» Er fange sie, erwiderte er, während sie glücklich seien, sich vergnügten oder aus freien Stücken gemeinsam ins Netz schwömmen, nicht nachdem eine Explosion ihre Schwimmblasen zerfetzt habe und ihr Herz nicht mehr schlage.

Das Meer war wie eine Schule. Ein Schüler musste von Klasse zu Klasse weiterkommen. Und wenn man immer nur für einige Sekunden schwimmen und die Luft anhalten konnte, war das, als bliebe man Jahr um Jahr in derselben Klasse.

Ins Wasser zu springen und zu tauchen, das war es, was alle Kinder aus dem Viertel, alle Kinder vom Meer gern taten. Yvonne bildete mit anderen eine Pyramide, und wer oben war, sprang hinunter und stach ins Meer. Dann kaufte ihr ihre Mutter einen Badeanzug, der aus Oberteil und Hose bestand, nicht nur aus einer schwarzen Hose wie zuvor. Ihre Brüste brächen auf, meinte ihre Mutter, wie Eier, bevor man sie in die Pfanne wirft und die dann auf spritzendem Öl wie weiße Wellen wogen, wie die Wellen, wenn sie an die Felsen klatschen und als weiße Gischt hochspritzen. Ja, ihre Brüste waren wie zwei Eier, die von Tag zu Tag größer wurden. Seit jenem Tag wollte Yvonne nicht mehr nur auf die Schultern einer anderen klettern und sich von dort ins Wasser stürzen. Sie wollte vom Felsen springen wie ihre drei Brüder. Ihr Wunsch, es ihnen gleich zu tun, war so stark, dass sie lieber auf die Käsebrote und die Gurken verzichtete, die ihre Mutter immer an den Strand brachte, bekleidet mit einem Strohhut, langen Hosen und einer langärmeligen Bluse, denn sie mochte weder Sonne noch Meer, noch Sand.

Yvonne rannte zu ihren Brüdern. «Ich möchte springen lernen, ich bin jetzt alt genug.» Doch angesichts des Wassers bereute sie ihren Eifer und hätte gern darauf verzichtet. Sie wäre gern zurückgekrebst, aber die Stimme ihrer Mutter, ärgerlich, tadelnd und befehlend, ließ sie gebannt ins Wasser starren, als wartete sie darauf, dass einer ihrer Brüder sie stieß. Tatsächlich spürte sie im nächsten Moment, wie ihre Fersen sich gen Himmel hoben, bevor sie hinabstürzte und in den finsteren Raum eintauchte, um, frisch geladen mit Energie, gleich wieder zur Wasseroberfläche emporzusteigen, wie eine Blase im Mineralwasser. Als sie sich in der Schule mit Typhus, Keuchhusten und Windpocken ansteckte und nicht mehr ins Meer durfte, dachte sie, das müsse die Verzweiflung sein, von der sie schon gehört hatte. Trotzdem ging sie zum Meer hinunter, ließ die Olivenbäume, die Dornen, die Felsen und die Thymianstauden hinter sich, zog ihre Plastikschuhe an, um gegen die Kiesel und die spitzen Steine gefeit zu sein, setzte sich auf einen großen Felsen und rief sich diesen finsteren Raum in Erinnerung, in den sie eintauchte, wenn sie ins Wasser sprang. Ihre Gedanken entschwebten, einer magnetischen Kraft überlassen, und sie war wieder glücklich.

Beim zweiten und dritten Sprung, überzeugt, Wunder wirken zu können, hatte sie das Gefühl, aus Tausenden von Ohren zu bestehen, die im Wasser durchbohrt und deren Öffnung mit Blasen wie aus weißer Baumwolle zugestopft waren. Sie sah sich auf einem langen Wollteppich sitzen, der mit den Wogen wogte. Im Wasser schien der heimliche Groll auf ihre Mutter verflogen. Sie gelobte, nicht mehr zu jammern, wenn die Mutter sie aufforderte, im Haushalt mit anzupacken, ihr nicht mehr zu widersprechen, nicht mehr den Kopf gegen die Wand zu stoßen, wenn ihre Mutter ihre kleinen Brüder küsste und hätschelte, und diese nicht mehr anzuschreien, ruhig auch mal der Mutter zu helfen. Außerdem wollte sie künftig nicht mehr abstreiten, dass der Orangenduft tatsächlich durch das Badezimmerfensterchen hereinkam und sich mit dem Dampf des Badewassers vermischte, so dass einem ganz schwindlig wurde, wie ihre Mutter einmal sagte.

Erst der neue hellblaue Badeanzug, den ihr ihre Mutter gekauft hatte, weil ihre Brust sich kräftig rundete, gab Yvonne den Mut, eines Tages ganz allein auf den Felsen zu klettern, der allen außer ihrem ältesten Bruder Tanios verboten war. Früh am Morgen war sie aufgestanden, so früh wie das Meer. Sie glaubte, auch das Meer schließe die Augen, sobald die Wellen sich ins Bett verabschieden, und stehe erst nach einem morgendlichen Gähnen wieder auf. Sie stand auf dem verbotenen Felsen. Mehr als fünf Minuten stand sie da und schaute hinunter auf das ruhige Wasser. Es lockte sie, sich hineinzustürzen. Sie sprang und rief: «Siehst du, Tanios!» Und dieses Mal tauchte sie so tief ein, dass sie fast den Grund erreichte. Sie begriff, warum dieser Felsen verboten war. Je höher der Punkt des Absprungs, desto stärker der Aufprall von Kopf und

Körper und der Einstich ins Wasser. Immer tiefer sank sie. Schließlich nahm sie nichts anderes mehr wahr als Algen, Wasser und Stille. Der Aufstieg von den untersten Stufen der Meeresleiter an die Wasseroberfläche war eine Prüfung in Selbstbeherrschung, der vollkommenen Kontrolle über ihren Atem – ihre Nase, ihre Kehle, ihre Füße, Hände und Augen. Die Prüfung, ob sie das Schwimmen und das Tauchen tatsächlich beherrschte. Und sie bestand. Sie stieg auf, immer höher, und gelangte schließlich an die Oberfläche. Schwamm zum Ufer. Rannte herum und rief: «Ich bin runtergesprungen!» Zu Hause weckte sie alle auf und erzählte von ihrer Tat, ohne sich um die darauf folgenden Ohrfeigen und Schläge zu kümmern. Erst die Kniffe ihrer Mutter machten ihr klar, dass mancher schöne Fisch eben giftig ist.

«Du willst mich umbringen. Du willst, dass ich mich schwarz kleiden, dass ich um dich trauern muss. Du machst mich fertig!», schrie ihre Mutter. Schon zuvor hatte Yvonne den Eindruck gehabt, ihre Mutter liebe sie nicht wirklich. Sie ohrfeigte sie oder packte sie an der Schulter. Aber ihre Kniffe waren wirklich schmerzhaft. Als wollte sie ihr ein Stück Fleisch ausreißen, als wollte sie bis an die Knochen kommen. Wenn aber einer ihrer Brüder krank war, legte ihm die Mutter essiggetränkte Umschläge auf die Stirn, um das Fieber zu senken, und murmelte dabei unablässig: «Der Herr Jesus strecke Seine Hand aus und heile dich. Und die Jungfrau Maria bitte für dich. Lieber will ich sterben, als dass du krank bist.»

Was sonst nur in Romanen stand, erfuhr Yvonne am eigenen Leib. Ihre Mutter zeigte ihr wahres Gesicht. Sie liebte nur ihre Brüder. Sie stimmte Lobgesänge auf deren «Männerteile» an. Und ihre Lieblingsgeschichte war, dass sie Tanios einmal einen Kuss auf den Pimmel gedrückt und «der kleine Schlingel» sie dann angepinkelt hatte.

Sie kniff Yvonne aber nicht nur ins Gesicht. Sie kniff sie auch in den Arm und drehte ihr die Nase um. Doch selbst dabei ließ sie es nicht bewenden. Der Groll kochte weiter in ihrer Brust. Sie packte die Tochter und zog sie an der Hand, und als Yvonne sich widersetzte und in die Knie ging, schleifte die Mutter sie mit aller Kraft hinter sich her, wie einen schweren Aufwischlappen. Sie sperrte die Tochter ins Bad und schloss ab. Den Rücken an die Tür gelehnt, blieb sie stundenlang davor sitzen. Yvonne konnte sie wild an der Wasserpfeife nuckeln hören und stellte sich das Wasser vor, das im Glas der Pfeife blubberte, ein Geräusch, das ihr während der langen Wartezeit immer vertrauter wurde. Die Mutter ließ sie erst wieder frei, nachdem sie gefragt hatte, ob sie ihre Lektion gelernt habe. Offenbar erwartete sie ein trotziges Nein. «Hüte dich! Hüte dich ja, nochmals von den verbotenen Felsen zu springen.» Und Yvonne schwor, während sie vor sich hin schluchzte: «Beim Leben der Jungfrau Maria, es war das erste und letzte Mal.» Trotzdem hatte die Mutter keine Eile, die Tür aufzuschließen, sondern warf der Tochter lauthals Dinge vor, deren Bedeutung diese gar nicht verstand: «Du hast deinen Bruder fertig gemacht, du hast ihn gebrochen. Du hast ihn kastriert – möge Gott dich kastrieren.»

Groß und Klein im Viertel erfuhren, dass Yvonne von dem verbotenen Felsen gesprungen war. Die Jüngeren kamen zu ihr und baten sie, ihnen das auch beizubringen. Als sei sie ein Rattenfänger, dem Kinder verzaubert ins Meer folgten. Dagegen freuten sich ihre Brüder, zumal der älteste, wenn sie ihnen technische Fragen stellte. Sie tauchte nach Ringen, Reifen und Ketten, wie der stumme Dschubrân, der die Suche nach dem Armreif einer Verwandten des ägyptischen Königs Faruk noch immer nicht aufgegeben hatte. Diese habe sich, erzählte man, unterwegs zu den Zedern, nach dem Wasser gesehnt. Sie ließ das Auto anhalten und sprang in ihrem weiten, perlmuttfarben glänzenden Mantel ins Meer, ohne ihren Diamantreif abzulegen.

Der stumme Dschubrân erklärte Yvonne in seiner Zeichensprache, die Schiffe würden mit dem Abfall, den sie ins Meer kippten – und dabei wies er auf sein Hinterteil –, oft auch Juwelen hineinwerfen. Doch dann bereute er, sie ermutigt zu haben, und gab ihr zu verstehen, sie solle die Suche nach den Juwelen aufgeben. Zu ihrer Überraschung lernte sie auch, dass das Meer nicht allen gehört, wie sie einmal fest geglaubt hatte. Sogar die Fischer mussten eine Bewilligung einholen, bevor sie mit ihren Booten hinausfahren konnten. Da sie sich aber nicht vom Tauchen abbringen ließ, beschwerte sich Dschubrân bei ihrer Familie, und ihre Mutter kniff sie erneut in die Wange und drohte ihr wieder einmal, sie würde sie ins Kloster stecken, ganz oben im Gebirge, wo es ein Internat gab. Dort hätte sie dann keine andere Gesellschaft als die betenden Nonnen und würde nichts anderes hören als das Geblubber in den bohnengefüllten Bäuchen.

Man machte ihr Angst mit Geschichten, die sich, wie man bei der Heiligen Rita schwor, genau so zugetragen hätten.

So sei die Braut Hanna ertrunken, während sie nach ihrem Brautring suchte. Und die Zigeuner, die sie schon oft mit ihren Kesseln und ihren Kochgeräten am Meer gesehen hatte, würden nicht nur Kinder, sondern sogar Frauen und junge Männer rauben. Doch Yvonne glaubte nicht, was sie hörte, und wartete auf die Zigeuner. Einmal im Jahr erschienen sie, und ihre Frauen färbten sich das Haar mit Henna, wuschen ihre Kleider und schrubbten einander den Rücken. «Sie werden dich bestimmt auch stehlen, wenn sie dich am frühen Morgen allein am Strand antreffen.» Aber sie ließ sich nicht abschrecken. Sie wollte einen Schatz finden, der sie reich machte. Dann würde die Familie sie schon auf ihre Schultern heben. Aber sie fand nichts als die Schlupfwinkel silbergrauer Fische, und kaum je war einer juwelenfarbig. Lange Zeit suchte sie nach Muscheln, brach Dutzende davon auf, stieß aber nie auf eine Perle. Vielleicht musste sie sich gedulden und die Muscheln erst nach ein paar Wochen öffnen. Sie beschränkte sich darauf, sie aus einer gewissen Distanz zu beobachten, schwamm lautlos wie ein Fisch heran, aus Furcht, sie könnte das Tier in der Schale erschrecken und dieses würde dann beim Eindringen eines Sandkorns oder eines Korallenpartikels in sein Gehäuse nicht mehr seinen kristallenen Speichel absondern.

Doch dann war es mit dem Betrachten der Muscheln und dem Tauchen im Meer plötzlich vorbei. Ihr Haus dröhnte wie die stürmische See, obwohl das Meer ruhig war. Seine Mauern wurden bedrohlich, und ihr wurde eng. Überall schlugen die Geschosse des Bürgerkriegs ein, und die Granaten aus den Duschka-Geschützen regneten auf den Ort. Die Familie suchte Zuflucht in einer Eisfabrik. Alle weinten und zitterten wegen der bitteren Kälte. Sie mieden die Wände, die das Eis vor dem Schmelzen schützten und gleichzeitig seine Kälte aufnahmen. Wenn sie die Erwachsenen von Plänen und Kriegen reden hörte, hoffte sie, sie würden handeln wie die Männer des Meeres, die Wikinger, würden sich Boote und Schiffe schnappen und in See stechen. Seit Yvonne Bilder der Wikinger und ihrer Boote gesehen hatte, war sie überzeugt, diese müssten ihre Vorfahren gewesen sein, nicht die Phönizier. Die Männer der Wikinger sahen ihrem Vater ähnlich, die Frauen glichen ihrer Mutter. Das Haar blond, die Augen blau und andersfarben, die Haut hell und rosig, die Lippen dunkelrot und frisch, leicht rissig wie der elfenbeinerne Griff am großen Schöpflöffel ihrer Mutter.

Sie wählte die Wikinger als Spezialthema im Geschichtsunterricht, und als die Lehrerin sie fragte, warum die Wikinger und nicht die Phönizier, antwortete Yvonne: «Die Gesichter der Phönizier waren braun. Ich bin aber blond und gleiche den Wikingerfrauen.» Anderes behielt sie für sich. Daß sie nämlich auch so stark und so geduldig war wie die Wikinger und im Gegensatz zu den Phöniziern eine feine Nase hatte, wie die Wikinger liebte sie das weite, offene Meer, wie eine Amazone den Rücken der Pferde. Sie mochte auch ihre flachen Boote, geschmückt und geschützt von Drachen und Schilden, und die Rippenbäuche ihrer Schiffe, die aussahen wie das Skelett eines Dinosauriers, der schlafend auf dem Rücken lag. Die Wikinger nahmen ihre Frauen mit auf ihre Expeditionen, besonders, wenn sie sich irgendwo ansiedeln wollten, während die Phönizier einfach ohne ihre Frauen die Meere durchpflügten und Zedern- und Pinienholz, Purpur und blaue Glaswaren gegen Gold, Moschus und Affen eintauschten.

Vierzehn Jahre war sie alt, als sie die angstvollen Schreie hörte. Ein zerstörerischer, grausamer Krieg wütete, und Yvonne wollte nicht glauben, dass das Meer so teilnahmslos bleiben konnte, unerschütterlich in Ebbe und Flut. Vögel ließen sich darauf nieder und stiegen davon auf, um in den Höhen des Himmels zu verschwinden, sobald sie einen einzigen Schuss hörten. Als die Alten zu beten und zu flehen begannen, der Herr Jesus möge kommen, jetzt sofort, richtete Yvonne ihr Gebet an die Männer des Meeres, die Wikinger, sie mögen ihnen, wo immer sie seien, zu Hilfe kommen. Sie wären wie ihre Brüder und die Männer um sie herum. Wenn diese Schafspelze trügen und ihre Haare von Öl und Creme trieften, würden sie ganz sicher auch glauben, wie es bei den Wikingern hieß, dass Adam und Eva aus dem Achselschweiß eines Giganten geschaffen wurden. Yvonne war fest davon überzeugt, zu ihnen zu gehören. Der Krieg war nur gekommen, um dem

Ausdruck zu verleihen, was sie fühlte – Bestialität, Gemetzel, Entführungen, Besetzungen. Die Phönizier dagegen hatten sich dem harmonischen Zusammenspiel von Farben gewidmet, hatten goldene Fäden verwoben und unvergleichliche Stoffe und Stickereien geschaffen. Die Phönizier waren sehr fortschrittlich. Das Alte Testament nannte sie Kanaaniter. Sie hatten auf ihren Gräbern sogar Buchstaben eingraviert und ihre Schiffe so gebaut, dass fromme Männer und die Priester darin von Heiligtum zu Heiligtum reisen konnten.

Bei den Leuten ihres Dorfes hatte das Meer seine Spuren auf den dunklen Schultern und den Gesichtern hinterlassen. Die Sonne hatte sie lange beschienen, und von der schützenden Wärme zehrten sie nun, während sie vor Furcht zitterten. Yvonne saß da, eine Pappschachtel an sich gedrückt, in der die Muscheln lagen, die sie gesammelt und bemalt hatte, und vieles, was ihr sonst noch beim Tauchen in die Hände gefallen war. Eine Tellerscherbe zum Beispiel, die wohl aus ihrem Ort stammte, und nicht, wie Yvonne erst geglaubt hatte, aus China. Ihre Mutter erinnerte sich an das Muster und an die Familie, die solches Geschirr besaß. Auch ein Teil einer Wasserpfeife war dabei, der gläserne Kopf, auf den der Tabak gelegt wird. Nun saß sie in der Eisfabrik und schaute ihre Mutter an, die lautlos weinte und auf einen ihrer Söhne wartete, der schon zwei Nächte verschwunden war, weil er sich, so wurde gemunkelt, den Kämpfern anschließen wollte.

Wenn es nun meine Mutter machte wie damals die Nachbarin, als ihr achtjähriger Sohn verschwunden war und es hieß, das Meer habe ihn verschluckt? Sie hatte sich in die Brandung gestellt, ihr Kleid geöffnet, ihre gewaltige Brust hervorgeholt und gedrückt, als wollte sie Milch herauspressen, und wäre es nur ein einziger Tropfen. Sie drückte, bis sie vor Schmerzen laut aufschrie. Am siebten Tag spuckte das Meer den Leichnam ihres Sohnes aus.

Springen und Tauchen, das war es, was Yvonne in den langen Stunden des Wartens wirklich fehlte, aber der Gedanke daran nährte und wärmte sie. Innerlich tauchte sie ins Meer, betrat furchtlos die Kammern der Geborgenheit, führte Muscheln ans Ohr und hörte das Meer. Die Muscheln klagten von der Sehnsucht nach ihren Schwestern und ihrer Mutter. Die Mutter weinte lautlos, voller Sehnsucht nach ihren drei Jungen, obwohl zwei von ihnen bei ihr saßen. Ein Wunder, denn alle Jungen des Viertels hatten sich dem Krieg angeschlossen. Es war wie eine Pflicht, wie eine Schule. Sie weinte lautlos vor sich hin, wie sie es immer tat, wenn sie voller Stolz die Kleider und Unterwäsche ihrer Söhne wusch. Yvonne tauchte hinunter in die stillen Kammern des Meeres. Bei sich trug sie den Schlüssel des Hauses, des Vorratskastens und des Kühlschranks, den Schlüssel der Schule und den Schlüssel zu ihrem Verstand. Dann kehrte sie getrost an ihren Platz zurück und betrachtete die Erwachsenen und die Kinder. Sie sah den Jungen, von dem sie sich noch zwei Jahre zuvor gern hatte küssen lassen, nachdem sie schon die Hoffnung aufgegeben hatte, dass er sie noch in die Höhle von Afka mitnehmen würde, dorthin, wo Adonis Aphrodite zum ersten Mal geküsst hatte und wo zu Frühlingsbeginn das Wasser rot strömt, Erinnerung an den Tod des Adonis, der einer Verletzung erlag, die ihm die Hauer eines Keilers zugefügt hatten.

Welcher von diesen drei Burschen, die sie einen nach dem anderen betrachtete, würde sie jetzt küssen? An Luigi, dem gesprächigsten, blieb ihr Blick hängen, obwohl er etwas beleibt war. Seine Blicke zogen sie an. Zwischen seinen Augen und seinen Lippen schien es ein seltsames Zusammenspiel zu geben. Wann immer er sie anschaute, näherten sich ihr auch seine Lippen. Er schälte eine Orange und verzehrte sie heißhungrig. Wäre sie nicht schon bei so zahlreichen Gelegenheiten verletzt worden, hätte sie ihren Mut zusammengenommen, mit ihm geflirtet und ihn um ein oder zwei Schnitze gebeten. Sie schaute auf das Wasser, um sich abzulenken. Dann zwang sie sich, mit diesen Burschen einfach nur zu springen. Sie erkundigte sich nach der Höhe der Felsen und ob sie oft hierher kämen. Was sie beruflich machten, fragte sie nicht, um nicht selbst gefragt zu werden und erzählen zu müssen, daß sie Chefin einer Werbeagentur war. Dann würden die drei sich entweder aus dem Staub machen, oder sie würden sie umschwärmen. In beiden Fällen wäre sie verletzt. Wäre ihr das nur nicht schon so oft passiert! Alle Männer, die sie geliebt hatte, waren früher oder später auf Nimmerwiedersehen verschwunden. Und alle, die bei ihr bleiben wollten, waren entweder schon verheiratet oder zwanzig Jahre älter als sie.

«Ich werde jetzt springen – ciao», kündigte sie an. Ihnen oder sich selbst? Sie wollte keinerlei Erwartungen aufkommen lassen. Sie war vielleicht fünf oder sechs Jahre älter als die Burschen, das war ihr klar. Ein Blick auf ihre fast unbehaarten, sonnengebräunten Oberkörper ließ sie erschauern. Und diese Beine, als wären sie Michelangelos David mal drei! Ihre nassen Haare versprachen Anarchie, Abenteuer und Freiheit. Zu ihrer Freude reagierten sie lautstark auf ihre Ankündigung. War es Enttäuschung, weil sie sie verlassen wollte, oder war es zum Abschied? Wie waren bloß diese italienischen Gesten und Zeichen zu verstehen? Sie sprang, bevor sie etwas bereuen konnte, und war glücklich, als die drei sich hinterherstürzten und sie im Wasser einholten, um mit ihr zu scherzen und sie zu umkreisen. Als wäre ich eine Entenmutter und sie meine Entlein. Nur ließ die Dreistigkeit, mit der sie Yvonne umschwammen, nicht den Eindruck aufkommen, sie sei die Mutter. Luigi unterstellte ihr, sie flunkere und es gebe gar keine Freundin, die am Strand auf sie warte. Er könne ja mitkommen und sich überzeugen. Doch er bat sie nur, nochmals mit ihm auf den Felsen hinaufzuklettern. Ein Gedanke, der ihr behagte. Doch Hoda, die da drüben saß, ließ sie ihre Meinung ändern und erleichterte ihr die Trennung von den dreien. Sie schwamm mit kräftigen Zügen. Im Meer gibt es keinen Abschied, dachte sie. Sie trennten sich ohne Gruß.

Hoda las nicht. Sie schwamm nicht, und sie lag auch nicht in der Sonne. Sicher wartet sie auf mich. Yvonne spürte Gewissensbisse. Sie war es, die darauf gedrängt hatte, sich an der italienischen Riviera zu treffen, nicht im Libanon. «Diese Hitze und diese Feuchtigkeit. Außerdem ist London tot! Ich möchte dort nicht den August verbringen.»

Zwei Jahre zuvor hatten sie sich im Libanon kennen gelernt. Gemeinsam mit ein paar weiteren Libanesinnen, die im Ausland ihren Weg gemacht hatten, waren sie Gäste einer Universität. Sie hatten Vorträge gehalten und sich mit Studierenden ausgetauscht, Hoda als Theaterregisseurin, Yvonne als Chefin einer Werbeagentur.

Rasch hatte sich eine Freundschaft entwickelt, die für beide zum Rettungsring wurde in einem Land, das ihnen längst fremd geworden war. Sie wussten nicht mehr, welche Töne sie anschlagen mussten, um wieder zu diesem Land zu gehören, das sie fünfzehn Jahre zuvor verlassen hatten, Hoda über Syrien, Yvonne auf einem griechischen Schiff, mit dem sie von Dschunije aus in See stach.

Yvonne ließ sich auf ihr Handtuch fallen, das Hoda glatt gestrichen hatte. Sie keuchte. Alles an ihr war rot angelaufen, außer ihren Augen, die noch blauer schienen, als hätte ihnen das Meer seine Farbe überlassen.

«Durstig?», fragte Hoda, die Yvonnes Verlegenheit darüber spürte, sie allein gelassen zu haben.

«Meine Mutter hat uns immer verboten, gleich nach dem Schwimmen etwas zu trinken. Sie sagte, wart erst mal, bis sich dein Kreislauf beruhigt hat.»

«Meine Mutter hat uns ständig von einem Verwandten erzählt, einem Verkehrspolizisten, der erhitzt und verschwitzt zu Hause ankam, eine Kanne kaltes Wasser trank und sofort tot umfiel. Herzschlag. Sein Herz soll das kalte Wasser mitten im Sommer nicht vertragen haben.» Sie lachten beide über die libanesische Mentalität, und keine verlor ein Wort darüber, dass sie alle, ob Christ oder Muslim, an dieser Mentalität teilhatten.

Eine Brise vertrieb die Sonnenhitze. Der Duft der Pinien lag über dem Ort. Sie aßen nochmals vom mitgebrachten Obst und tranken aus der Thermoskanne.

«Du bist ein Ass! Ich kenne nicht viele Libanesinnen, die schwimmen wie du.»

«Wirklich? Ich bin am Meer aufgewachsen. Als ich nach London ging, habe ich immer nach links geschaut, in der Erwartung, das Meer zu sehen. Eigentlich war es das Meer, das mich veranlasst hat, den Libanon zu verlassen.»

«Das verstehe ich nicht, in London gibt es doch kein Meer.»

«Wir haben unser Dorf, das Meer und unser damaliges Leben verlassen, weil die Kämpfe zwischen den christlichen Milizen nicht aufhören wollten. Meine Eltern waren besorgt, weil sich mein Bruder Tanios mit den Milizionären an der Straßensperre eingelassen hatte. Wir flüchteten zu meinem Onkel im Gebirge. Das war wie in einem großen Gefängnis. Eine schreckliche Einstellung der Welt gegenüber. Bei uns im Dorf war der Krieg so etwas wie ein Albtraum gewesen, keine Wirklichkeit. Als könnte das Meer den Krieg ungeschehen machen, als könnte es die Leute vergessen lassen oder sie von dem ablenken, was auf dem Festland passierte. Selbst die Boote und die Schiffe nach Zypern schienen zum Vergnügen auszufahren, nicht um Flüchtlinge vor der Gewalt in Sicherheit zu bringen. Mein mittlerer Bruder profitierte vom Meer. Er begann, Kinofilme nach West-Beirut zu schaffen, die von Europa über Zypern nach Ost-Beirut kamen. Er mietete sich ein kleines Boot und verkaufte die Filme an muslimische Kämpfer, die sie weiterverhökerten. Mit anderen Worten, er wurde zum Mittelsmann zwischen christlichen Falangisten und muslimischen Kämpfern. Kannst du dir das vorstellen? Im einen Moment bekämpfen sie sich, im nächsten machen sie miteinander Geschäfte. Dass ich den Libanon verlassen habe, war eine Tragikomödie. Das fällt ja wohl eher in dein Fach, nicht?

Dieser Bruder hat dann einmal ein größeres Boot gemietet und sich einen Matrosen genommen, der hoch und heilig schwor, den Weg nach Zypern zu kennen wie seine Westentasche. Nach drei Stunden glaubten wir fest, angekommen zu sein. Wir sahen Land und einen Fischer. Der Matrose sprach ihn auf Englisch an, als er aber nicht antwortete, schaltete sich mein Bruder ein. Was denn los sei, warum der Mistkerl nichts sage? Da rief der Fischer im breitesten libanesischen Dialekt: ‹Du brauchst mich gar nicht Mistkerl nennen! Versteh ich denn Englisch?› Damit war klar, dass wir während der ganzen drei Stunden in libanesischen Gewässern im Kreis herumgefahren waren. Zwei Wochen später hab ich dann auf einem griechischen Schiff den Libanon verlassen.»

«Ich bin aus Beirut weg via Syrien. Dann nach Kanada zu meinem Bruder, der dem Libanon während des Krieges den Rücken gekehrt hat.»

«Glaubst du auch, dass wir noch unverheiratet sind, weil wir nicht im Libanon leben? Ich meine, weil wir uns verändert haben und nun weder arabische noch andere Männer hundertprozentig zu uns passen?»

«Alle Töchter meiner Tante sind unverheiratet, und die haben niemals Beirut verlassen. Apropos, ich habe einen Kandidaten, einen Agraringenieur, der mich angehauen und mich gefragt hat, ob ich in diese große Villa da kommen und dort schwimmen und den Park besichtigen will.»

«He, hoffentlich sieht er gut aus.»

«Ausgesprochen. Er hat vorgeschlagen, ich könnte dich mitbringen.»

«Hat er mich denn gesehen?»

«Weiß ich nicht. Vielleicht.»

«Und ich hab mir drei Kandidaten aufgetan, noch formbar. Jung und flott.»

Yvonne reckte sich, konnte sie aber nicht entdecken.

«Die, mit denen du gesprungen und getaucht bist?»

«O nein, andere. Ich habe sie unter Wasser getroffen. Sie sind wie Meerjungfrauen, nur eben von Adams Geschlecht.»

Sie lachten. Yvonne fragte sich, warum Hoda wohl nicht verheiratet war, groß, wohlgebaut und gut aussehend, wie sie war. Sie hatte feste Muskeln und einen flachen Bauch. Ganz sicher fürchteten sich die Männer vor ihrem Körper, der unter ihren engen Kleidern wie Marmor wirkte und nicht die geringste Spur von Zellulitis aufwies, wie sie sonst bei Frauen popcornartig durch die Kleider drückt, auch wenn sie sich noch so sehr bemühen, das zu kaschieren. Ein Mann blieb stehen und starrte wie gebannt auf Hodas Körper. Dann rieb er sich verlegen den Sand von den Füßen und rannte ins Wasser.

«Ob die Männer wohl dein ausgeprägtes Selbstbewusstsein spüren, Hoda? Natürlich rede ich auch von mir. Sie sind es gewöhnt, eine Ehefrau unter ihre Fittiche zu nehmen. Wir dagegen, du und ich, wir kauern nicht gern unter irgendwelchen Fittichen. Hab ich Recht?»

Noch bevor Hoda antworten konnte, wurden Yvonnes Atemzüge regelmäßig; sie war eingeschlafen. Sie war nicht nur geschwommen, sondern hatte auch nur höchstens fünf Stunden geschlafen. Ihr gemeinsames Zimmer ging auf das Hotelrestaurant und aufs Meer hinaus, und die Nachtschwärmer hatten sich mit klapperndem Besteck über ihr Essen hergemacht. Hoda bedeckte Gesicht und Haar mit ihrem bunten Sarong. Das Orange und Gelb legten sich auf Nase, Wangen, Stirn und Kinn. Sie schloss die Augen und träumte sich am hellichten Tag die Nacht herbei. Sie dachte an die Möwen und ob es wohl stimmte, was sie gehört hatte, dass die Möwen nämlich lange an Land leben können, und zwar dank eines Salzvorrats, den sie sich in einer Tasche ihrer Eingeweide anlegen und den sie, zum Meer zurückgekehrt, völlig entleeren, um ihn danach neu zu füllen.

Sie wachten erst wieder auf, als der Hund kam und an Hodas ausgestreckter Hand leckte, die dahinter den Mund des Agraringenieurs erträumte. Sie stieß einen Schrei aus. Fast wäre sie in Panik geraten, hätte nicht Yvonne den Hund zu sich herangezogen, ihn gestreichelt und geküsst. Der Hund ihrer Tante, erzählte sie, habe die Kuh immer beim Halfter genommen und sie zur Quelle geführt, um gemeinsam mit ihr zu trinken und sie dann zurückzubringen. Der Hund verließ die beiden prompt, als sein Frauchen rief.

Die Felsen waren noch immer verlassen, ohne die Körper und das Gelächter der drei jungen Männer. Yvonne schlug vor, die Einladung des Ingenieur-Kandidaten anzunehmen.

«Und unsere Sachen?»

«Wir bitten die Familie da, darauf aufzupassen.»

Noch bevor Hoda ihre Zustimmung geben konnte, war Yvonne schon weg und sprach mit der Familie, streichelte den Hund und kehrte mit einem triumphierenden Lächeln zurück. Sie zogen ihre Kleider über den Badeanzug und deponierten ihre beiden Körbe und Hodas Handtuch bei der Familie. Dann gingen sie über die Felsen bis zum Ende des Spazierwegs, wo sie auf das Tor zur Villa stießen. Das Schild daran erklärte: «Privat – Durchgang verboten». Den Ingenieur sahen sie nirgends. Hoda war enttäuscht, obwohl ihr bei dem Gedanken, schwimmen zu müssen, mulmig wurde.

«Wir könnten ihn rufen. Wie heißt er denn?»

«Weiß ich nicht.»

«Hallo! Hallo!» rief Yvonne. Hoda stieß sie vorwurfsvoll in die Seite. Doch da eilte auch schon mit raschen Schritten der Ingenieur herbei und öffnete ihnen das schwarze gusseiserne Tor. Er schüttelte beiden die Hand und wies in die Richtung, in die sie gehen sollten.

«Wenn Sie den Rundgang durch die Gärten abgeschlossen haben, bin ich mit meiner Arbeit fertig, und wir können schwimmen gehen.»

Die beiden Frauen schlenderten durch den Park, und allmählich verflog ihre Enttäuschung darüber, dass der junge Mann so in Eile und so kurz angebunden war. Was sie sahen, überstieg jede Beschreibung. Ein Springbrunnen, hohe Palmen, glatte Eukalyptusbäume, Jacaranda, violette Blüten auf der Erde verstreut, Mimosen, Zitronen- und Orangenbäume, Olivenbäume, Weiden und andere Pflanzen, deren Namen sie nicht kannten. Das Geäst glich ausladenden Baldachinen mit rosa Blüten wie Baumwollflocken. Dann Zwergpalmen und weitere Springbrunnen. Bäume, deren Kronen ineinander verflochten waren, oder solche, die einzeln standen und die Luft und den Himmel zu sich einluden.

Jasmin gab es, Geißblatt und Gardenien. Hoda blieb vor einem Strauch weißer Lilien stehen, wie sie sie aus dem Garten ihrer Nachbarn in Beirut kannte. Ihre weißen, trompetenförmigen Blüten baumelten herab. Sie trat näher und roch daran. Es war derselbe Duft, und sie überlegte sich, warum sie wohl immer Angst davor gehabt hatte. War es wirklich denkbar, dass ihre Mutter nur ein oder zwei Gegenden von Beirut gesehen hatte? Nur ein oder zwei Dörfer im Süden? Einmal, so erinnerte sie sich, hatte ihre Mutter das Grab der Sajjida Sainab in Damaskus besucht. Sie trat von dem Strauch zurück und entfernte sich von der Vergangenheit, die ihr ihren Vater ausgrub. Yvonne rief. Sie war schon weitergegangen, während Hoda noch den Duft jener weißen Blüten einatmete. So hatte sie es zu einer Firma gebracht. Hoda lächelte. Sie glaubte, bemerkt zu haben, dass der Sinn ihrer Freundin für Schönheit und Nachdenklichkeit rasch erschöpft war, aber nun musste sie ihr Urteil revidieren, als sie Yvonne wie erstarrt vor einem Teich stehen sah, in dem Enten schwammen und aus dem große Fische mit aufgerissenem Maul empor sprangen, um sich die roten Insekten zu schnappen, die hubschraubergleich auf der Wasseroberfläche landeten. Auch die Mauer dahinter schaute sie an, in die Figuren gemeißelt und deren Ränder mit pfirsichfarbenen und blauen Zeichnungen verziert waren.

Der Agraringenieur erschien und fragte sie etwas, von dem sie nur «der große Baum» verstanden. Er machte ihnen ein Zeichen, ihm zu folgen, stieg einige Stufen hinab, bückte sich und bog nach rechts. Plötzlich standen sie vor einem gigantischen Olivenbaum mit Wurzeln wie gewaltigen Felsen, wie Elefantenfüßen. Als die beiden Frauen einen Ruf der Verwunderung ausstießen, nickte der junge Mann, als habe er diese Reaktion erwartet. Nochmals winkte er ihnen, ihm zu folgen, und wies auf ein paar Wurzeln, die sich ihren Weg durch die Grundstücksmauer gebrochen hatten.

«Wie alt sind die?», wollte Hoda wissen.

«Vielleicht tausend Jahre. Woher kommt ihr eigentlich? Aus Griechenland?»

«Aus dem Libanon. Aber wir leben im Ausland, sie in Kanada, ich in London.»

«Ich war auch schon im Libanon, als kleiner Junge. Meine Tante war Nonne und hat an der italienischen Mädchenschule unterrichtet.»

«Ah, die kenn ich. Früher einmal ein sehr schönes Gebäude. Aber leider inzwischen kaputt.»

«Durch den Krieg?», wollte der junge Mann wissen.

«Nein, diese Gegend hat der Krieg verschont.»

«Ich habe noch nie von dieser Schule gehört», bemerkte Yvonne auf Französisch.

«Sie liegt in West-Beirut.»

«Ihr seid wohl beide Christinnen? Ihr sprecht fließend Französisch und Englisch.»

«Sie ist Christin, ich bin Muslimin», erwiderte Hoda.

«Wenn Usama Bin Laden euch im Badeanzug sähe...», scherzte der Ingenieur, und die beiden Frauen stimmten in sein Lachen ein, obwohl es Hoda nicht so recht zum Lachen war; sie hielt kurz den Atem an, um dann deutlich hörbar auszuschnaufen.

«Ich möchte wetten, wenn Bin Laden sie im Badeanzug sähe, würde das seinen Glauben an Gottes Allmacht noch mehren, und er würde sicher ausrufen: Bei Gott ist kein Ding unmöglich!»

«Yvonne! Lass das! Woher kennst du überhaupt diesen Satz aus dem Koran?» fragte Hoda, bass erstaunt, auf Arabisch.

«Warum sollte ich den nicht kennen? London ist eine arabische Stadt, zum Teil muslimisch.» Sie lachte und fügte dann auf Englisch hinzu: «Wenn ich vor dem Hotel, wo ich täglich schwimme, aus meinem Auto steige und den ägyptischen Portier bitte, es möglichst irgendwo in der Nähe des Eingangs, nicht in der Tiefgarage abzustellen, sagt er immer: Ich werd es versuchen, mit Gottes Erlaubnis! Denn nur bei Gott ist kein Ding unmöglich.»

Hoda lachte. Ebenso der junge Mann, der ganz sicher Yvonnes Bemerkungen nicht verstanden hatte. Sicher würde seine Wahl zwischen ihnen jetzt kaum noch schwer fallen. Wird er Yvonne wählen, weil ich Muslimin bin? fragte sich Hoda und wunderte sich über diesen Gedanken. Ja, sicher gefiel sie ihm jetzt weniger, weil sie Muslimin war. Schließlich stand sie einmal bei einer Cocktail-Party in Kanada dabei, als man eine ägyptische Professorin nach ihrer Nationalität fragte und diese erklärte, sie sei Ägypterin, koptische Christin. Und wie war das mit dem Schauspieler, in den sie sich so lange heiß verliebt glaubte, bis er erfuhr, dass sie Muslimin war und allen Ernstes fragte, ob er erst Muslim werden müsse, bevor er sie küssen dürfe? Und mit der Frau, die in ihre Wohnung kam, um ihr Vorhänge zu nähen, und die wissen wollte, ob ihr schiefer Kerzenständer aus Glas Richtung Mekka geneigt sei? Dazu all jene, die nach 11. September davon überzeugt waren, dass sie Verständnis dafür hatte oder zumindest ein wenig Sympathie für diejenigen, die den Anschlag durchgeführt hatten. Deswegen war man in ihrer Gegenwart so lange höchst diplomatisch und zu feinfühlig, das Thema anzuschneiden, bis man hörte, wie sie das Geschehene und die Extremisten kritisierte und erklärte, ihr bedeute überhaupt keine Religion etwas.

Alberto erzählte, er sei hier mit der Pflege der Bäume beschäftigt. In ein paar Monaten werde seine Arbeit im Park der Villa getan sein. Dann könnten die Tore für die Allgemeinheit geöffnet werden; die Eigentümer, eine Familie, hätten das ganze Anwesen dem Staat vermacht.

«Als ich zum ersten Mal in diesen Park kam, habe ich gleich bemerkt, dass ich auf einen verlorenen Schatz gestoßen bin. Aber die Arbeit daran hat mich rascher grau werden lassen.»

Er beugte sich vor und zeigte sein schönes schwarzes Haar, auf dem noch kaum eine Spur Grau zu finden war. Sicher weiß er, wie attraktiv er ist. Ich würde ihn sofort heiraten. Ich würde meine Firma verkaufen und hier mit ihm wohnen. Und das Meer wäre der Dritte im Bunde, dachte Yvonne, die ihre Hand festhalten musste, weil sie fürchtete, sie könnte sich gegen ihren Willen ausstrecken und ihm übers Haar streichen.

Ich hatte wohl recht. Er mag Yvonne lieber. Aber was soll's? Dass er mir gefällt, ist sicher nur dieser Atmosphäre zuzuschreiben, den Ferien und dem Fehlen der täglichen Routine. Jedenfalls bin ich seit meiner Pubertät nie mehr hinter dem anderen Geschlecht hergelaufen. Und jetzt überlasse ich alles den Umständen und dem Schicksal.

Alberto schien ihre Beklemmung bemerkt zu haben. Plötzlich griff er nach ihrer Hand und rannte mit den beiden Frauen hinunter zum Wasser. Hoda ließ ihre Hand in der seinen. Wenn es denn eine Konkurrenz zwischen ihr und Yvonne gab, dachte sie, würde das die ganze Sache beschleunigen. Aber da drehte er sich um, reichte Yvonne die andere Hand und lief zwischen ihnen beiden weiter. Als das Meer auftauchte, war Hoda sicher, dass Yvonne sein Herz gewinnen würde. Sie wird sich ins Wasser stürzen und schwimmen wie eine Nymphe. Er wird bemerken, wie blau ihre Augen sind und wie blond und seidenglatt ihre Haare, wie schlank und rank ihr Körper. Hoda war zwar etwas größer, aber sie würde es nie schaffen, sich aus diesem Loch zu befreien, das sie für sich selbst gegraben hatte, und einfach ins Meer zu laufen. Ob sie denn Badeanzüge anhätten, fragte Alberto. Er sehe nur ein Handtuch, in Yvonnes Hand. Da meinte Hoda rasch, sie werde sich in den Schatten setzen, es sei ihr erster Tag am Meer.

Die Villa lag an einer Bucht, umgeben von terrassenförmigen Felsen, auf denen die Badegäste es sich gemütlich machen konnten. Die drei liefen bis zum Strand hinunter, zur Überraschung der beiden Frauen ein Sandstrand ohne Felsen und größere Steine. Nachdem Alberto ihre Ausrede akzeptiert hatte, konnte Hoda entspannt und ruhig das klare Wasser betrachten, auf dessen Grund man Sand und kleine Steinchen sah, die weißen Bohnen glichen.

Yvonne rannte wie üblich direkt ins Meer, nachdem sie ihre Shorts ausgezogen und das T-Shirt daneben geworfen hatte. Sie rief Hoda und Alberto, ihr zu folgen. Das Wasser sei mild und angenehm, lockte sie. Alberto schaute Hoda an. Sie war nicht sicher, ob es eine Aufforderung war, mit ihm ins Wasser zu kommen, oder ob er um Erlaubnis bitten wollte, allein gehen zu dürfen. Sie machte ihm ein Zeichen und warf einen Blick aufs Meer. Das Wasser erwarte ihn. Er nickte verstehend. Glaubte er, sie habe ihre Tage? Arabische Männer hatten sie ungewollt diesen Trick gelehrt. «So, ist deine Tante zu Besuch und lässt dich nicht ins Wasser?», sagten sie immer. Doch dann änderte sie ihre Meinung. Er hatte sicher nicht den Schluss gezogen, sie habe ihre Tage. Erst in Kanada hatte sie entdeckt, dass Frauen auch während ihrer Tage schwammen und badeten. Früher, bei ihr zu Hause, war das anders gewesen. Sieben volle Tage durfte sie nicht baden. Stattdessen rieb sie sich, ohne Wissen ihrer Mutter, ihre Scham mit Eau de Cologne ein und streute Puder darauf. Alberto schwamm Yvonne hinterher. Hoda hörte sie reden und lachen. Warum mussten zwei Menschen beim Schwimmen immer lachen? Bevor sie zu dem Schluss kam, dass ihre Hemmung zu lieben mit ihrer Unfähigkeit zu schwimmen zusammenhing, verjagte sie den Gedanken. Diese Yvonne, schön und attraktiv wie eine Nymphe, rannte den Männern hinterher wie ein Täuberich den Tauben! Sie sprang vom höchsten Felsen, um mit drei Burschen zusammen zu sein, die jünger waren als sie. Doch nun kam zu ihrer Überraschung Alberto aus dem Wasser. Offenbar hatte ihn Yvonne nicht nach Nymphenart auf den Grund geleitet, in ihr Boudoir aus großen Muscheln, geschmückt mit farbigen Fischen und weißen Korallen. Er schüttelte das Wasser von sich ab, blieb aber trotzdem nass. Dann setzte er sich neben Hoda, fragte sie nach ihrem Namen und wollte wissen, was er bedeute. Er finde selten den Mut, eine Frau anzusprechen. Aber diesmal, so fügte er hinzu, habe er sich wirklich gewünscht, ihre Bekanntschaft zu machen, so sehr, dass er sogar eine Sitzung habe sausen lassen, um ans Meer hinunterzugehen. Er habe befürchtet, sie könnte schon wieder gegangen sein, wie viele andere, denn hier zu schwimmen sei schwierig. Ob sie eigentlich glaube, was er ihr erzähle, wollte er wissen, und als sie nickte, meinte er befremdet, sie kenne ihn doch gar nicht.

«Vielleicht heiße ich ja nicht einmal Alberto und habe gar nichts mit Bäumen zu tun.»

Da fiel ihr ein Stück von Pirandello ein: Ein Mann erfährt, seine Frau habe das Haus verlassen. Ihn packt der Argwohn, weil er plötzlich überzeugt ist, sie betrüge ihn ebenso wie er sie. Er hatte eine Beziehung mit ihrer besten Freundin angefangen. Sein Hin und Her zwischen Zweifel und Gewissheit treiben ihn am Ende in den Wahnsinn.

«Lesen Sie gern? Was machen Sie beruflich?»

«Ich bin Theaterregisseurin.»

«Ich hatte schon vermutet, Sie hätten was mit Kunst zu tun.»

Plötzlich waren Stimmen zu hören, die «Yvonne, Yvonne» riefen. Die drei Burschen standen auf den Felsen und sprangen hinab. Wie könnte sie je glücklich sein, sie, die sich noch nie mit dem Meer angefreundet hatte? Wenn Yvonne sich nicht ins Meer stürzte, würde ihr dann etwa die Aufmerksamkeit dieser Burschen zuteil? Heute ist es noch mal gut gegangen für mich, und Alberto hat stillschweigend akzeptiert, dass ich nicht schwimme. Aber was wird morgen sein? Was in den kommenden acht Tagen, die wir an diesem Ort verbringen, wo sich alles ums Meer dreht? Wie sollte sie sich Tag für Tag, ja, Stunde für Stunde herausreden? Und der Tag hier vergeht langsam. Jetzt ist es erst drei Uhr nachmittags, und noch immer recht angenehm und erträglich. Hoda versuchte, sich klar zu machen, dass sie

im Urlaub war und dass all diese Gefühle sich verflüchtigen würden, sobald sie wieder im Flugzeug zurück nach Kanada säße. Jedenfalls war sie keine von
diesen Frauen mit Interesse an einem romantischen Urlaubsflirt, der vorüber war, noch ehe die Sonnenbräune von Gesicht und Rücken verschwand.

Er hatte damit angefangen, sie kenne ihn ja überhaupt nicht. Auch er kannte sie nicht. Er wird sich auch nicht vorstellen können, dass sie ihr Haar manchmal mit einem Kopftuch bedeckt, mitunter einen knöchellangen Rock trägt und ihre Arme unter langen Ärmeln verbirgt. Er hatte sie nie in Gegenwart ihres Vaters mit lauter Stimme beten hören, nach jenem Abend, als er die Hände vors Gesicht schlug und Gott anrief, nachdem der stinkende Badeanzug, der Sand und die Muscheln den Skandal aufgedeckt hatten. Damals las sie auch im Koran und ging nach der Schule sofort nach Hause. All das, weil sie Mitleid mit ihrem Vater hatte, weil er geweint und in der klaren Sprache des Koran gemurmelt hatte: «Meine Tochter kleidet sich mit Schande, und ich bin ein Mann der Religion, der andere leiten sollte.» Wenn er sie doch geschlagen hätte! Wenn er sie doch an den Ohren gezogen hätte, statt sich selbst die Augen rot zu reiben.

Im Badezimmer hatte sie sich in der klaren Sprache des Koran an Gott gewandt: «Mein Gott, warum hast Du mich frommen Eltern gegeben und mir die Neigung zum Nachahmen, zum Schauspielern und zu den Lippen der Burschen? Sag es mir, mein Gott! Wie soll mein Vater seine Pflicht erfüllen und andere leiten, verehelichen, die Verehelichten scheiden, den Koran erläutern und über Gebotenes und Verbotenes urteilen, und das mit mir als Tochter?» Sie kam immer näher an den Spiegel heran und begann zu flüstern, Liebesworte, die dem Spiegel gelten mochten oder dem Geliebten ihrer Phantasie.

«Yvonne ist den ganzen Morgen von den Felsen gesprungen.»

«Ich weiß, ich habe euch von Zeit zu Zeit beobachtet.»

Hoda bereute, das Thema Schwimmen wieder aufgebracht zu haben. Was sollte sie ihm antworten, wenn er sie fragte, warum sie selbst so dicht am Ufer geblieben sei?

«Stört es Sie, dass ich euch beobachtet habe? Ich habe mir Sorgen um Ihre Freundin gemacht. Ich wusste ja nicht, daß sie eine so vorzügliche Schwimmerin ist. Und um Sie habe ich mir auch Sorgen gemacht, als ich Sie lange da stehen sah, am Spazierweg, wie Sie sich an dem eisernen Geländer festgehalten haben. Als hätten Sie Angst, Sie könnten wider Willen ins Meer springen.»

«Springen, ich? Warum?» Sie lachte.

Sie hatte dagestanden und sich an dem eisernen Geländer festgehalten. Unter sich das tosende Meer. Innerlich weinend. Auch äußerlich. Ihre Tränen waren salzig. Sie weinte, weil sie am Meer war. Ihr Körper steckte in einem Bikini, der ihre Brust sehen ließ und ihren Hintern deutlich hervorhob. Das Wasser trug ihre Beine, auf denen ein Mann Ruhe finden könnte und die diesem Italiener namens Alberto aufgefallen waren, der jetzt neben ihr saß. Es war, als verfolgte sie einen Tiger draußen auf dem Meer, einen Tiger, der sie zu erreichen suchte. Sie sah ihr eigenes Bild auf der Wasseroberfläche, wie von einem Kran gehoben, doch voller Angst, das Wasser könnte sie hinausziehen. Sie sah sich in einer englischen Spitzenbluse, weiß und durchsichtig, die auf ihre nackten Hüften fiel, und einem Tanga, gehalten von zwei schmalen Bändern. Der Tiger versuchte, zu ihr zu gelangen, doch das Geländer, an das sie sich klammerte, hinderte ihn. Da verstand sie, warum man eine Barriere zwischen dem Weg über die Felsen und dem Meer errichtet hatte, zwischen den Spaziergängern und dem Wasser. Wegen der Tränen, die den Körper überfluteten und fortspülten, hinaus aufs offene Meer. Jetzt weinte sie innerlich, weil der Italiener sich Sorgen um sie gemacht hatte. Er kannte sie besser als ihr Bruder oder ihre Mutter. Vielleicht weil er im Gegensatz zu diesen keine Angst hatte, sie kennenzulernen.

«Ich war noch nie in Kanada. Nicht mal in Amerika. Manche Leute haben eben Glück. Sie lesen von einem Ort, werden neugierig darauf und fahren einfach hin. Sie und Yvonne, ihr habt einfach ein Flugzeug nach Florenz genommen und seid dann mit dem Auto hierher gekommen.»

«Manchmal wünschte ich, ich hätte den Libanon nie verlassen. Vielleicht ist es besser, an einem Ort glücklich zu sein. Schließlich zerreißt einen die Trennung, auch wenn man noch so stark ist.»

«Aber Sie sind doch aus dem Libanon geflohen?»

«Nein. Viele sind ja geblieben. Ich habe den Libanon verlassen, weil ich feige bin. Ich hatte nicht den Mut, dort ans Theater zu gehen. Das war für mich nur im Ausland denkbar.»

«Aber Sie sind doch sicher glücklich und erfolgreich. Sie sehen die Welt. Ich bin sehr froh, Sie getroffen zu haben.»

«Wieso scheidet die Pinie Harz aus? Ich mag den Geruch sehr. Als Kinder haben wir es gekaut.»

«Seltsam, dass Sie mich nach dem Harz fragen. Das Harz ist es nämlich, was mein Interesse an den Bäumen geweckt hat. Meine Liebe zu einer Bernsteinbrosche, die meine Mutter an jedem Kleid getragen hat. Sie war gelb mit einem rötlichen Schimmer. Und zwei Fliegen waren darin gefangen seit Tausenden von Jahren. Wie fallen die Harzklumpen von den Bäumen, und wie wirft das Meer sie an den Strand?»

«Ich habe gar nicht gewusst, dass Bernstein aus Harz ist.»

«Sicher sind Sie bei Nummer 14 vorbeigegangen. Kommen Sie!»

Sie gingen ein Stück weit. Plötzlich fielen ihr die beiden Körbe und die Thermosflasche wieder ein, die sie bei der italienischen Familie deponiert hatten. Mit einer Geste deutete sie Alberto ihre Besorgnis an, doch dieser beruhigte sie lachend. Wenn die Familie hätte gehen wollen, hätte sie sicher nach ihnen gesucht. Vor einem Baum blieben sie stehen, er trug tatsächlich die Nummer 14 und schied rötlichgelbes Harz aus, das an Lava erinnerte. Wespen schwebten darum. Hoda beugte sich vor, um daran zu riechen. Als sie sich wieder aufrichtete, näherte Alberto sich ihren Lippen und küsste sie. Seine Lippen schmeckten wie salzige Mandeln. Dass die beiden Fliegen in der Brosche ewig in Liebesposition verweilten, verriet er ihr erst, als er sie wieder losließ.

Yvonne schwamm noch immer mit den drei Burschen. Sie wäre gern mit Luigi allein gewesen, ohne die anderen, die ihr wie ein Orchester vorkamen. Sie grinsten, lachten und kommentierten, was sich Yvonne und Luigi erzählten. Dieser flirtete mit ihr, ohne sich um die Anwesenheit seiner Kumpane zu kümmern. Ja, diese schien ihn gar zu ermutigen. Er trieb seine Schäkereien noch weiter und versuchte, das Oberteil ihres Bikinis zu öffnen. Als ihm das nicht gelang, tauchte er ab und schob seinen Kopf zwischen ihre Beine. Sie lachte aus Leibeskräften. Welch göttliche Gabe es doch war, miteinander herumalbern zu können, dachte sie. Luigi studierte

Medizin in Florenz und war bei Verwandten in der Nähe zu Besuch.

«Und du, Yvonne? Ich möchte wetten, du bist Turnlehrerin. Aber, weiß Gott, bei dir möchte ich nicht im Unterricht sein. Sicher treibst du deine Schüler zu Höchstleistungen, wie uns hier.»

«Wie kommst du darauf, dass ich Turnlehrerin bin?»

«So was rieche ich.»

War es das Meer, das ihr diese Burschen beschert hatte, damit sie sich mit ihnen amüsierte und mit einem von ihnen handfest flirtete? In London zwang das unfreundliche Klima zu anderen Arten der Begegnung. In Pubs zum Beispiel oder im Supermarkt, an Tankstellen oder bei Cocktailpartys im Fitnessclub und im Park, übers Internet oder bei Arbeitssitzungen. Aber warum endeten all diese Begegnungen damit, dass die Männer verschwanden und sie selbst sich fragte, warum sie sich wieder einmal Hoffnungen gemacht und sich mit Leib und Seele hingegeben hatte, während diese Männer doch nichts anderes waren als Zuckerstücke in einer Tasse mit heißem Tee? Wie sollte sie sich Luigi gegenüber verhalten? Ihre Neigung für Männer zu zeigen, davon war sie überzeugt, würde nach Einsamkeitsbekenntnis riechen und wie die Worte einer alten Jungfer klingen. Das verschreckte die Männer und ließ sie die Flucht ergreifen.

Was sollte sie bloß mit Luigi und seiner Clique anfangen?

Dieses heulende Elend durfte sich nicht wiederholen, das ihr immer hochkam, wenn wieder einmal ein Mann sie verließ. Dieses Gefühl, das sich auf ihre ganze Umgebung übertrug und von den Dingen die Farbe abschälte und ihnen Form und Geschmack nahm. Wenn sie zwischen Ja und Nein schwankte, bei jedem Wort, das sie aussprechen, jedem Schritt, den sie gehen wollte. Das Gefühl, wenn sie die Hoffnung aufgab, der Mann, dessen Bekanntschaft sie gemacht hatte, werde anrufen, egal, ob sie Interesse an ihm gezeigt hatte oder nicht, egal auch, ob sie sich gleich mit ihm eingelassen hatte oder nicht. Wie damals mit dem Mann, der in den frühen Morgenstunden auf der Suche nach Präservativen endlos mit seinem Auto herumgefahren war und an verschlossenen Apothekentüren geklopft und gerüttelt hatte, als würden dadurch die Lichter an- und die Pforten aufgehen. Schließlich hatte er bei einem Pakistani das Gesuchte gefunden, in einem Laden, in dem es alles gab, was man sich vorstellen konnte: von Nähnadeln über Sicherheitsnadeln und Zwirn bis hin zu Ausgusspumpen, Briefpapier, Umschlägen, Lebensmitteln und Früchten. Doch da war Yvonne schon ganz schwindlig und schläfrig und wollte nicht mehr. Sie versuchte, sich zu wehren, und biss den Mann sogar in die Hand, doch vergeblich. Sie war die Entenmutter mit den drei Entlein um sie herum. Luigi bemerkte die ganze Zeit einen gewissen Kampfgeist, der ihn aber nicht beunruhigte, sondern zum Lachen brachte und ihn faszinierte. Vielleicht brauchte er eine Mutter. Aber er suchte an ihrer Brust nicht die Milch wie ein kleines Kind. Er spielte damit, nachdem es ihm schließlich gelungen war, ihr Oberteil zu öffnen, während die beiden anderen Burschen sich in Schutzengel verwandelt hatten und aus einiger Entfernung über sie wachten.

«Bist du verlobt oder verheiratet?»

«Wie kommst du drauf?», fragte sie, und ihr Herz klopfte.

«Dieser Ring da.» Er brachte sein Gesicht nahe daran.

«Der stammt aus Lourdes. Wenn du genau hinsiehst, die Jungfrau Maria umgibt meinen Finger. Schau hier, ihr Kopf und ihre Füße.»

«Das glaub ich nicht! Du bist in Lourdes gewesen? Seid ihr in der arabischen Welt wie wir hier?»

«Ich bin nicht dort gewesen. Eine Freundin hat ihn mir mitgebracht.» Sie erzählte ihm nicht, dass er Glück bringen solle, vielleicht sogar einen Mann. «Und du, hast du eine feste Freundin?»

«Das hängt von den Umständen ab. Im Augenblick versuche ich, dich dazu zu machen.» Er lachte.

Ganz sicher hatte er eine feste Freundin. Yvonne ärgerte sich, vergessen zu haben, dass er sein eigenes Leben gelebt hatte, bevor Hoda und sie zu diesem Strand gekommen, bevor sie auf diese Felsen geklettert waren. Und sicher würde er dieses Leben heute Abend wieder aufnehmen. Und was war mit ihrem Leben, fragte sie sich. Da gab es nichts als die Firma und ihr Büro. Ein weiterer Blick auf Luigi, und sie beschloss, die Flucht zu ergreifen. Wie könnten dieser Körper, diese Gestalt und diese leuchtend schönen Zähne je ihr gehören?

«Bald krieg ich einen Sonnenstich. Außerdem wartet meine Freundin auf mich. Ich geh raus.»

«Wir wollten auch schon rausgehen. Dann haben

wir dich plötzlich wieder im Wasser gesehen. Wohin warst du denn verschwunden?» Er lachte, als er sie so fragte, und fast hätte sie behauptet, sie habe nach ihm gesucht, aber er sei nicht auf den Felsen gewesen.

«Ich bin mit meiner Freundin zu der Villa dort gegangen. Ein Park wie das Paradies. Wir sind über den Privatstrand ins Meer.»

«Wie seid ihr da reingekommen? Ich dachte, für Besucher sei noch geschlossen. He, ihr seid wirklich gefährliche Mädchen!»

Zusammen verließen sie das Meer, das noch immer wogte. Die Schwimmer waren nicht mehr sehr zahlreich. Ihren Platz hatten Dutzende von Möwen übernommen. Yvonne wartete auf eine Frage von Luigi, doch nichts geschah. Sicher war er nicht in der Lage, sie zum Abendessen einzuladen. Schließlich war er Student. Aber wie wäre es mit einer Tasse Kaffee? Er fragte nicht einmal, ob sie am nächsten Tag wiederkäme. Jedenfalls kannte er ihr Hotel. Er hatte ihr geholfen, den Namen richtig auszusprechen, dann aber gleich hinzugefügt, er sei noch nie dort gewesen.

Yvonne versuchte, sich auf andere Gedanken zu

bringen, und rief nach Hoda. Diese saß noch immer mit Alberto in der Nähe der italienischen Familie, die im Aufbruch begriffen war. Yvonnes Stimmung sank wie ihre Füße im Sand und hob sich erst wieder, als sie Luigi fragen hörte: «Werde ich dich morgen sehen? So gegen Mittag? Versprochen?» Sie nickte überglücklich, beugte sich zu ihm und küsste ihn auf die Wange. Er zog sie an sich zog und erwiderte ihren Kuss.

Plötzlich kam das schlechte Gewissen. Sie wurde unsicher. Warum ließ sie die Dinge nicht einfach ruhen wie das tiefe Meer bei Tage? Da war ein Bild, das sie nicht mehr loswurde. Die Welt des Meeres nach Sonnenuntergang, damals als sie mit einem Fotografen zum Tauchen in der Karibik war. Sie warteten auf den Abend, wenn die Fische sich zum Schlafen in ihre Höhlen zurückzogen und das Meer tief unten sich in einen Nachtclub verwandelte. Die Korallen streckten ihre hungrigen Finger aus, wurden zu Mäulern, blähten sich auf und schlürften das Wasser ein, während die Meeresschnecken ihre Schalen verließen und farbig leuchtend umherschwebten wie Schmetterlinge. So ging es stundenlang. Dann kehrten mit dem Morgen die Ruhe und die Furcht zurück, Fische und andere Meerestiere erwachten hungrig, bereit zur Jagd.

Sie nahm sich zusammen und ging weiter. Alberto entfernte sich Richtung Villa und winkte zum Abschied.

«Ist das nicht wie ein Tag im Paradies? Wie geht's, Hoda, du Lausemädchen?» Dann sang sie: «Unter dem Baume, dort im Sand, ich eine Orange zum Vernaschen fand ...»

«Du hast uns wohl beobachtet? Und du und deine Jungs? Sie hätten wohl gern dich vernascht.»

Die italienische Familie ging vorüber und verabschiedete sich. Der Hund blieb stehen und strich wie eine Katze an Yvonnes Beinen entlang. Sie beugte sich vor, streichelte ihn und bat ihn um ein Küsschen, worauf er ihr die Pfote hinhielt. Die Frau forderte ihn auf, Yvonne einen Kuss zu geben: Oscar, dammi un baccio! Da strich der Hund mit der Zunge Yvonne übers Gesicht, was Hoda ekelhaft fand.

«Du bist wohl eifersüchtig und willst auch ein Hundeküsschen?»

Hoda schlug vor zu gehen. Sicher würde Yvonne sie über Alberto ausfragen. Aber Yvonne bremste sie.

«Warum so eilig? Lass uns einen Schluck Wasser trinken. Ich hab auch noch eine Packung Kekse. Ist Alberto zurück an seine Arbeit gegangen? Du bist ja sicher zum Abendessen verabredet?»

«Er hat wissen wollen, wo wir wohnen. Er wird anrufen. Und du?»

«Arme Schlucker, diese Jungs. Der, der mir gefällt, heißt Luigi. Er ist unheimlich lustig. Ich treff ihn morgen wieder.»

«Das heißt, wir kommen morgen wieder hierher?»

«Die Jungs sagen, dass wäre die angenehmste Stelle. Auf jeden Fall wird dich Alberto hierher zurückführen, ob du willst oder nicht. Vielleicht zeigt er uns ja die Villa von innen?»

Sie tranken das Wasser und bedauerten, keinen Kaffee dabeizuhaben. Auch die ganze Schachtel Kekse verschlangen sie. Die Sonne stand noch immer am Himmel, wenn auch nicht mehr so hoch, und so waren ihre Strahlen erträglicher. Zum ersten Mal seit dem Morgen schien das Meer müde, seine Bewegung war gleichmäßig. Es wogte jetzt wie ein Seidentuch, zwischen ewigblau und violett. Möwen ließen sich darauf nieder und schossen, kaum hatten sie einen Fischer erblickt, wie von unsichtbaren Fäden gezogen auf diesen zu. Die Felsen schienen ein gewaltiger Magnetberg.

«Ich kann nie genug kriegen vom Meer. Komm, laß uns noch mal rein.»

«Also gut!»

Hoda stand auf, erleichtert, dass niemand mehr im Wasser war. Es war jetzt ganz allein ihr Übungsfeld. Sie konnte darin tun und lassen, was sie wollte. Und wenn morgen Alberto sie auffordern sollte, mit ins Wasser zu kommen, würde sie nicht mehr am ganzen Leib zittern. Selbst wenn sie mit ihm nach Einbruch der Dunkelheit am Strand wäre, würde sie der Mut nicht verlassen, und ihre Füße wären nicht wie angekettet. Sie müsste nicht fliehen, wie damals in Kanada, als ein Mann, der ihr gefiel und dem sie gefiel, mit ihr am Strand zwischen Felsen und tosenden Wellen spazieren gehen wollte.

Hoda lief zum Wasser, und zu ihrer Freude überlegte es sich Yvonne anders. Sie wolle ein letztes Mal von den Felsen springen, erklärte sie.

Hoda ging hinein. Dieses Mal trotzig, das Haar hochgesteckt, weithin sichtbar. Warum hatte sie bloß immer Angst, ihre Kraushaar würde nass? Sollte es sich doch zusammenziehen und wie gestutzt aussehen! Sollte es sich doch rollen wie eine Bettfeder und sich jedem Glättungsversuch widersetzen! Wäre es so schlimm, wenn ihr Kopf kraus wie eine Nelke aussähe und nicht glatt wie eine Weide, die mit langen Zweigen die Erde und die Bäche berührt?

Sie beschloss, auch den Kopf unter Wasser zu tauchen. Im Hotel kann ich mir die Haare waschen und Wickler reintun und sie wieder glatt kriegen. Der Gedanke war tröstlich. Sie näherte sich mit dem Gesicht dem Wasser. Kam dichter und dichter. Doch kaum hatte ihre Nase das Wasser berührt, spürte sie auch schon das Salz, das ihr auf dem Gesicht und in der Kehle brannte. Hustend zog sie den Kopf zurück, aber das Brennen wurde stärker und der Salzgeschmack intensiver. Sie musste die Luft anhalten und dann den ganzen Kopf rasch ins Wasser tauchen, wie die Hände, wenn sie sie wusch. So hatte es ihre Schwimmlehrerin ihr zu erklären versucht. Doch das Chlor im Schwimmbad lähmte ihr Gehirn und ließ sie den Geruch von Jasmin und Gardenien ebenso vergessen wie den von Popcorn. Nur das ätzende Chlor blieb. Hoda sollte sich an den Beckenrand stellen, wo ihr das Wasser nicht einmal bis zur Brust reichte. «Halt die Luft an und tauch deinen Kopf ins Wasser. Lass Hände und Füße locker, oder halt mich mit einer Hand, wenn es sein muss.» Sie tat es, und zu ihrer Überraschung trieb sie auf dem Wasser. Doch die Stille war ihr unheimlich, ebenso die Luft, die sich in ihrer Kehle staute. Plötzlich schrak sie, wie von der Tarantel gestochen, zusammen und wollte sofort aus dem Wasser. Sie versuchte, ihrer Lehrerin zu erklären, was geschehen war. Kaum hatte sie den Atem angehalten, waren Bilder aufgetaucht, die sie ganz hinten in ihrem Gehirn abgelegt hatte.

«Leg dich auf den Rücken! Lass deinen Hinterkopf ins Wasser eintauchen und schau zum Himmel und zur Sonne. Sie tat es und trieb auf der Wasseroberfläche. Sah die Lampen über dem Schwimmbecken und die graue Farbe. Doch statt sich noch eine Minute so treiben zu lassen, wie die Lehrerin es ihr geraten hatte, zog sie ihren Hinterkopf aus dem Wasser, panisch bei dem Gedanken, sie könne untergehen. Auch ihre Beine zog sie angstvoll an. Sie wurde zum Wurm, der sich in Gefahr wähnt.

Nun nahm sie sich einen Punkt zum Ziel, der wie eine Landzunge aussah. Auf dem Weg dorthin würde sie sicher ihre Füße verletzen. Das Wasser schlug wild gegen die Felsen. Sie trat fest und energisch auf. Jawohl, ich trete fest auf und lasse mich nicht von den paar Handbreit Wasser umwerfen. Ich werde hinkommen. Ich werde den Kopf ins Wasser tauchen, werde die Luft anhalten und mich treiben lassen. Ich werde Hände und Füße bewegen und schwimmen. Ich werde schwimmen mit dem Kopf im Wasser und nicht darüber nachdenken, was unter meinen Füßen ist. Das Wasser wird mich tragen, wie der gute alte Archimedes versichert hat. Sie erreichte tatsächlich die Landzunge, mit großer Mühe, als ginge sie über einen Acker und bei jedem Schritt bliebe mehr Lehm an ihren Füßen kleben. Sie versuchte ganz allein, das Wasser zu besänftigen und sich mit ihm anzufreunden, ohne Groll und ohne Rachegelüste. Eine einfache Rechnung. $1+1=2$. Sie ließ sich gehen und tauchte den Kopf ins Wasser, einmal, zweimal. Aber jedes Mal schreckte sie hoch, hustend und angstvoll. Jedes Mal bekam sie mehr Wasser in die Nase, das kreuz und quer durch ihren Schädel wanderte und schließlich ihr Gehirn salzig überflutete und außer Funktion setzte. Doch sie ließ sich nicht beirren. Einem Frosch gleich ruderte sie weiter, in einer Schwimmart, die sie auch von anderen Frauen kannte, den Kopf über dem Wasser wie ein Periskop. Sie schwamm einen Zug, zwei, drei, und verbot ihrem Fuß, den Grund zu berühren. Doch das Verbot wirkte nur für Augenblicke. Ihr Fuß verkrampfte sich schmerzhaft. Aber wiederum ließ sie sich nicht beirren. Auf einem Bein stehend, massierte sie die verrenkten Zehen des anderen, um den Krampf zu lösen.

Hoda unternahm einen weiteren Versuch. Sie wollte noch ein Stück schwimmen, und sei es nur eine Armeslänge. Aber alles in ihr war zum Stillstand gekommen. Alles war rostüberzogen. Sie ging zum Strand zurück und fragte sich, was eigentlich mit ihr los war. Immer versuchen Menschen herauszufinden, was mit ihnen los ist, aber ihre Erinnerungen liegen in einem tiefen, finsteren Brunnen, und so überlassen sie es den anderen, Erklärungen zu finden und vergessen schließlich sogar, was sie in den Brunnen geworfen haben und nun zu verstehen versuchen. Traurigkeit stieg ihr bitter die Kehle hoch, die Ratlosigkeit verwandelte sich in ihrem Kopf in eine Krake. Was soll ich tun? Was soll ich bloß tun? Sie ertrug das Meer nicht länger und suchte nach

Yvonne. Auch auf den Felsen sah sie sie nicht. Sie ging ein paar Schritte weiter. Dort stand ein Mann, der aufs Wasser schaute, dann sprang. An der Farbe der Badehose und den Haaren erkannte Hoda ihren Irrtum. Der Mann war Yvonne. Warum hatte sie sich bloß beim Springen in einen Mann verwandelt? Hoda rief sie. Aber Yvonne spielte mit den Wellen. Hoda ging zurück an den Strand, von dort zum Spazierweg auf den Felsen. Alles um sie herum, besonders ihre schwarz lackierten Fußnägel, erinnerten sie daran, dass sie zu jener neuen Welt gehörte, der Welt, in der sich Frauen, ob jung oder alt, barbusig zeigen. Die Welt von damals, die Welt von Beirut war verschwunden. Und da war es, als hätte die Auseinandersetzung mit sich selbst ihr das Bild von einer Segeljacht vor Augen geführt, die sich näherte, als schnitte ein Messer durch die blaue Gischt. Am Steuer stand ein nacktes, blondes Mädchen, das allen dreist lächelnden Blicken die Stirn bot. Neben ihr ein Mann, den Arm um sie gelegt, auch er nackt, wie Gott ihn geschaffen hatte. Eine schwarze Piratenflagge mit weißem Totenkopf und gekreuzten Knochen flatterte hoch oben am Mast. Das war Teil dieser neuen Welt, ohne Beziehung zu der vergangenen.

Weder der Vorfall mit dem Badeanzug, noch das Weinen ihres Vaters und das monatelange Schweigen ihrer Mutter konnten Hoda bekehren. Sie ging weiterhin ans Meer. Doch sie achtete darauf, ein Kopftuch zu tragen, wenn sie das Haus betrat und wenn sie es verließ. Draußen versteckte sie es zwischen ihren Büchern. Ihrem Vater zuliebe betete und fastete sie auch, während sie gleichzeitig von Sommer zu Sommer die Vielfalt des Meeres entdeckte: die Heimlichtuerei des «Frauenbads», das restauranteigene Schwimmbad, das Meer in den Vororten mit Sand- und den Kiesstränden, Pools wie große Badeseen, mit Meerwasser gefüllt, obwohl sie direkt am Strand lagen. Nur Quallen gab es keine darin, die aussahen wie tropische Blumen und sich ins Mittelmeer verirrt hatten.

Das Meer hatte seine Rituale und seine Gepflogenheiten. Das Meer verlangte unterschiedliche Badekleidung, keinen alten, von irgendeinem Mädchen im Viertel geborgten Badeanzug. Nein, modische und farbige Badeanzüge. Es verlangte Strohhüte, dünne Reifen aus Gold oder Silber an den Knöcheln, Cremes und Öle. Hodas Freundinnen rührten sich eine Tinktur aus Jod, Olivenöl, rotem Essig und Zitronensaft an und rieben sich damit ein, bevor sie dann in der Sonne lagen wie Fische auf dem Bratgrill.

Hoda genügte es, ins Wasser zu gehen, als wäre sie ihr ganzes Leben lang durstig gewesen. Ihr Körper zischte wie das Wasser, mit dem man das Feuer im Herd löschte. Ihr genügte es, auf dem Sand zu gehen und sich die Füße von den warmen Körnern massieren zu lassen, die sich zwischen die Zehen schoben. Ihr genügte es, dahinzuschreiten, stolz auf ihren Körper, dessen Schönheit durch den Badeanzug voll zur Geltung kam. In Kleidern wirkte sie immer sehr mager, und ihre schlanke Taille, ihre langen Beine, ihr glatter Rücken verloren sich darin. Anders, wenn sie auf dem Badetuch lag. In jener vergangenen Welt verstand sie die Bedeutung des Wortes Eva, des Wortes Adam. Was Mann und Frau heißt, was Verführung, Beischlaf, Liebe, Schenkel. Kleider schienen den Körper zu tilgen, und alle Aufmerksamkeit konnte sich aufs Gesicht richten, auf die Blicke, auf das Wort Ehe, auf vielfach rätselhafte, verästelte Gedanken, die Nase zum Beispiel und die Geheimnisse ihrer Öffnungen. Im Badeanzug war der Körper klar und deutlich sichtbar. Die kleinen

Härchen zum Beispiel, die trotz aller Bemühungen noch hier und da, zum Beispiel am Beinausschnitt des Badeanzugs, hervorzwinkerten wie kleine Wegweiser. Und die Brüste, die sich wellenartig abzeichneten. Hoda schloss die Augen und malte sich aus, was zwischen ihr und einem Mann geschehen könnte, und wann. Würde sie vor der Ehe mit einem Mann schlafen? Und wenn ja, würde er danach aufhören, sie zu lieben? Wäre dieser Bursche, in den sie wegen seines blauen Fiats einige Monate verliebt war, früher oder später mit ihr ins Bett gegangen, wenn sie ihn nicht verlassen hätte? Er hatte keine anderen Absichten gezeigt, als ihr Gesicht zu berühren und sie zu küssen, und ihr dabei gestanden, dass er einmal im Monat zu einer Prostituierten ging.

Sie hatte das Glück, dunkelhäutig zu sein. Nicht weil die Schlager im Radio die braune Schönheit bejubelten, sondern weil man so nicht merkte, dass sie an den Strand ging. Trotzdem traf sie alle möglichen Vorkehrungen. Sie zog ihren langen Rock über den kurzen, und bevor sie in ein Sammeltaxi oder in den Bus huschte, drückte sie sich in den Eingang eines Nachbarhauses, schlüpfte aus dem langen Rock und verstaute ihn in der Tasche. Auf dem

Rückweg machte sie es, kurz bevor sie nach Hause kam, umgekehrt. Und nie vergaß sie, die langärmelige weiße Bluse über das baumwollene T-Shirt zu ziehen. Außerdem gewöhnte sie sich an, sich immer erst auszuziehen, wenn das Licht gelöscht war. Und sie gewöhnte sich ab, beim Schlafen das Kopfkissen zu umklammern. Stattdessen legte sie ihre Arme ausgestreckt neben sich, als wären sie gebrochen, jede Hand an einem Bein festgeklammert, aus Sorge, sie könnten auf die helle Decke zu liegen kommen. Beim Gesicht war es ihr gleichgültig. Die Sommersonne knallte auf alle Gesichter. Und als ihr argwöhnischer Bruder zischte, nur die Sonne am Wasser färbe das Gesicht so bronzen, behauptete sie trotzig und dreist, sie sonne sich das Gesicht oben auf der Dachterrasse, und ob er ihr das auch noch verbieten wolle, nachdem man ihr schon das «Frauenmeer» verboten habe.

Ein paarmal versuchte er, sie auf frischer Tat zu ertappen, unterstützt von der Mutter, die an ihren Kleidern herumspionierte und sogar an ihren Schuhen schnüffelte. Ihr Bruder stahl sich von seiner Arbeit weg, in der Hoffnung, Hoda dabei zu erwischen, wie sie ein Schwimmbad betrat. Irgendwann gab er seine Bespitzelung enttäuscht auf. Sie war nämlich wie eine Eidechse, bestückt mit zwei Augen, die sie in alle Richtungen drehen konnte, um Feinde sogar hinter sich auszumachen. Der Sommer war fast schon vergangen und mit ihm die allgegenwärtige Unterhaltungsmusik im Schwimmbad und die Tagträumereien von einem jungen Mann, der neben ihr lag. Hoda hatte sich schon damit abgefunden, dass dies eben erst im darauffolgenden Sommer geschehen werde. Plötzlich hörte sie ihren Namen über den Lautsprecher aufgerufen, und sie reagierte darauf, wie Mädchen das eben tun. Sie schritt so lässig dahin wie alle anderen. Wie oft hatte sie sich gewünscht, eine von diesen zu sein, denen Bemerkungen hinterherfliegen und Blicke folgen, wie ihrer Freundin Laila, der einzigen Person, die wusste, dass sie hier war. Sicher war sie es, die anrief, um ihr mitzuteilen, sie könne nicht kommen oder um sich zu vergewissern, dass Hoda wirklich im Schwimmbad war. Die Sonne hatte sich an diesem Tag vom Meer verabschiedet, und am Himmel standen Wolken wie große Gehirne, die dahinflogen und sich ineinander schoben, außerdem Regengewölk, bereit, sich zu entleeren, sobald die Schwimmenden ihre Gebete dagegen einstellten. Doch plötzlich blieb Hoda wie angenagelt stehen, das Herz zwischen den Zähnen, die daran zerrten, um es zu zermalmen. Sie stand ihrem Vater und dem Sohn ihrer Nachbarn gegenüber, einem Burschen, der noch nie einen Blick für sie oder ein anderes Mädchen im Viertel übrig hatte.

Dass sich doch die Erde aufgetan und sie verschluckt hätte! Vor Schreck stieß sie einen tiefen Seufzer aus und hoffte, es werde ihr letzter Atemzug sein. Dann versuchte sie, mit den Händen ihre Brust und ihre Schenkel zu bedecken, aber sie war eben doch keine von diesen vielhändigen indischen Göttinnen. Würde sie doch mit Blindheit geschlagen! Erstarrte sie doch zur Salzsäule! Ihr Vater, mit schwarzem Umhang, den Turban auf dem Kopf, ihr Vater hatte dem ernsten, frömmelnden Nachbarsohn geglaubt, an diesem Tage werde eine Berufsschule für die schiitische Glaubensgemeinschaft eingeweiht, und begleitete ihn, um an der Feierlichkeit teilzunehmen. Doch dann fand er sich in einer Umgebung wieder, wie er sie bis zu dem Augenblick nicht für möglich gehalten hätte, als der Name seiner Tochter übers Mikrophon ausgerufen wurde und er ein fremdes Mädchen erblickte. Seine Tochter zwar, aber als eine Fremde.

Plötzlich war die Welt um Hoda herum wie ausgelöscht. Und da war wieder jene Welt, die noch bei ihr zu Hause pulsierte. Über ihren Blick legte sich ein Schleier. Wie war sie bloß hierher geraten? Warum war sie hier, wo doch die Ahnen ihrer Mutter dem Geschlecht des Propheten Muhammad entstammten? Deshalb bekam Hoda ja auch vor dem Schlafengehen immer einen Becher Milch, begleitet von den Worten ihrer Mutter, wie die Milch die Grundlage aller Nahrung, so sei der Islam die Grundlage allen Lebens. Danach winkte die Mutter mit einem Strick, den sie in der Hand hielt. Dieser sollte das Letzte sein, worauf Hodas Blick vor dem Einschlafen fiel: «Möge er dich zum Glauben und zum Frieden führen, wie dies der Koran tut!» Dann murmelte sie, Hodas Kopf zwischen den Händen, noch ein Gebet, damit die Tochter der geheimnisvollen Träume der Religion teilhaftig werde und ihr im Schlaf der Prophet Muhammad erscheine und Seine Tochter Fatima, die Lichtreiche, für ihre Tochter bete. Denn der Schlaf war es, der sich der unsichtbaren Welt bemächtigte. Deshalb stellte ihre Mutter ihr auch allmorgendlich Fragen über ihre Träume, und wenn Hoda merken ließ, wie lästig ihr diese Fragen waren, zumal sie für die Schule lernen musste, Kraft gleich Masse mal Beschleunigung, versicherte ihr die Mutter, der Prophet habe seine und seiner Gefährten Träume immer nach dem Morgengebet erläutert.

Ihr Vater schlug sich ins Gesicht, dann bedeckte er es mit den Händen. Sein Jammern wurde lauter und lauter, bis es dem Tosen der Wogen gleichkam. Hätte man sie wenigstens nur beim Tanzen erwischt oder ohne Kopftuch oder in Begleitung eines Mannes! Aber im Badeanzug, und dann auch noch in den Armen des Wassers! Jenes Wassers, das ebenso die Quelle der Traurigkeit war wie die der Sauberkeit und des Lebens in ihrem Haus. «Ein Tropfen Wasser», «das gesperrte Wasser», ja, selbst das Wort «durstig» erinnerte ihre Eltern an Aschûra. Und da warf Hoda sich nicht in ein paar Tropfen, nein, in alles Wasser, in ein Meer voller Wasser. «Ein Tropfen Wasser», ihn weint ihr Vater, ihn weint auch ihre Mutter, ihn weinen alle, die das Aschûra-Fest feiern, zur Erinnerung an Ereignisse, die sich vor eintausenddreihundertundfünfzig Jahren abspielten, damals, als der Imam Hussain, der Enkel des Propheten Muhammad, sich weigerte, Jasîd, dem Sohn des

Muâwija, zu huldigen, ihn nach dem Tod seines Vaters als Kalifen und Herrscher über die Muslime anzuerkennen. Jasîd war der Geselligkeit, dem Scherz und dem Spiel ergeben. Hussain wusste um den Ausgang des Kampfes. Er würde ihn unweigerlich verlieren, verfügte er doch nur über fünfundvierzig Mitstreiter, während Jasîds Mannen viertausend zählten. Wasser und Durst, das waren die Waffen in diesem Kampf, nachdem Jasîd alle Zugänge zum Euphrat gesperrt hatte. Und als Hussains Tochter das Pferd ihres Vaters ohne diesen sah, rief sie: «Sprich, o Ross meines Vaters, fand Wassers er oder starb er Dursts?»

Ihr Vater schlug sich ins Gesicht, dann bedeckte er es mit den Händen. Sein Jammern wurde lauter und lauter, bis es dem Tosen der Wogen gleichkam. Er warf den Kopf zur einen Seite, dann zur anderen, als versuchte er, seine Tochter vor dem Ertrinken zu retten. Denn sie war dabei zu ertrinken, wiewohl sie noch immer da stand.

Yvonne ging nicht geradewegs zu den Felsen, wie sie es beabsichtigt hatte. Sie lief ins Wasser. Sie streckte ihre Lippen der Sonne entgegen und schloss die Augen wie in Erwartung eines Kusses. Dann betrachtete sie sich im Badeanzug. Er war rosarot. Das Oberteil ließ recht viel von ihrer Brust frei. Ihren Bauch konnte sie sehen, auch ihren Nabel, der statt Sand eine goldene Perle trug. Die Oberschenkel waren leicht gerötet. Es waren die Stellen, von denen sie die störrischen Härchen entfernt hatte. Das verlangte immer eine besondere Anstrengung. Yvonne verwendete dazu eine Zuckerlösung, mit der sie die Haare ausriss, als wollte sie sich die Haut abziehen. Sich die Körperhaare zu entfernen war Bedingung fürs Schwimmen, fürs Strandleben und fürs Sonnenbaden. Als würden am Körper verbliebene Haare zum Ertrinken führen, egal wo sie wuchsen, ob zwischen den Brauen oder auf der Oberlippe, unter den Achseln, auf Händen oder Schenkeln, zwischen den beiden Bikiniteilen, an den Beinen oder sogar an den Zehen.

Sie glitt ruhig dahin wie der Prophet Jonas im beidseits durchsichtigen Bauch des Wals, betrachtete Flora und Fauna, still im klaren Wasser, friedlich im weiten Meer, in dem nicht einmal eine Piniennadel trieb.

Hier hatte sich das Meer ein neues Gewand umgelegt, blau und grün. Als sie sich hineinstürzte, war das Wasser finster, so dunkelblau wie der Waschsud, wenn ihre Mutter Indigo hineingetan hatte. Auch das Laken in der Hand der Nonne fiel ihr ein, damals in der Schule. Sie hatte es mit Segelschiffen und blauen Wellenlinien bestickt. Wieder schloss Yvonne die Augen und stellte sich das Wasser vor, das ein ums andere Mal gegen die Felsen schlug, jedes Mal dasselbe Geräusch erzeugend und immer dieselbe Wassersprüh aufspritzend. Das ewige Schlagen des Wassers musste Yvonne erregt haben. Sie schwamm jetzt, als ritte sie ein Füllen. Sie öffnete das Oberteil ihres Bikinis. Ihre Brüste drängten vor ins Wasser, sie folgte ihnen, das Oberteil um die Hand gewickelt. Dann streifte sie auch das Unterteil ab. Eine Zeitlang ritt sie auf dem Füllen, stieg dann herab, um auf dem Wasser treibend zu dösen. Und das Wasser, das tosend gegen die Felsen schlug, schlug auch ihr an die Brust, an den Nabel, an den Unterleib. Sie schloss die Augen, gab sich den Fluten hin und ließ sie gewähren. Aus Furcht, jemand könnte ihr Stöhnen hören, schwamm sie weiter hinaus, und sie blieb so lange im Wasser, bis sie ganz ruhig geworden war, genug hatte vom Schwimmen und nur noch zum Strand treiben wollte, locker und entspannt.

Wie immer, wenn sie ihr Vergnügen allein hatte, überkam sie eine Leere. Sie wollte nichts mehr denken. Also floh sie nochmals zu den hohen Felsen, und während sie sprang, rief sie schluchzend: «Hier bin ich wieder!» Die Wasser der Mittelmeers trugen sie in den Libanon, nach Hause. Wuschen sie. Wie in einem arabischen Bad. Zwei Frauen kommen und machen sich an ihr zu schaffen. Sie traktieren ihren Körper mit Palmfaserschwamm und Seife. Als sich das Wasser verfärbt, ruft Yvonne: «Bin ich wirklich so schmutzig? Wo ich mich doch täglich wasche? Oder ist es das Gift, das bei mir eingezogen ist?» Sie flog durch die Luft, prallte aufs Wasser und spürte ihre Beine, zementschwer. Ihre Mutter hatte ihre Geschwister immer ermahnt, Bohnenmus zu essen. «Los esst», rief sie, «Bohnen sind Zement für Knie und Gesundheit!» Yvonnes Arme waren aus Eisen. Ihr blondes Haar war wie das ihres ältesten Bruders. Ihr gestreiftes Tweedkostüm stammte von Harris. In der rechten Hand hielt sie eine Ledertasche, an den Füßen glänzten die Schuhe, ihr Schritt war fest und sicher.

Die Wasser des Mittelmeers trugen sie an die Treppe ihres Hauses in jenem Ort an der Küste. Sie schaute durch die Fenster, durch die Ritzen, die zum Ärger ihrer Mutter die Sonnenstrahlen hereinließen. Der Riegel hatte die Form eines schwarzen Fragezeichens. Das Holz war innen noch immer frisch grün, außen jedoch längst verblichen, wie die Liebe zwischen ihrer Mutter Violette und ihrem Vater. Diesem Vater, der die Mutter aus ihrem Bett im Elternhaus entführt hatte. Sie war erst aufgewacht, als sie schon im Auto neben ihm saß. Angeblich hat nie jemand ein Wort über diesen Vorgang verloren, obwohl es niemand so recht glaubte. Sollte Violette wirklich so fest geschlafen haben? Sie, die aus einem Geschlecht stammte, das mit seiner Macht und seiner Kraft Felsen spaltete. Sie, die einer Mutter entsprang, die beim Tod ihres Mannes auf ihrem Landgut in Syrien keine Trauerklage anhub; die niemandem von seinem Ableben erzählte, sondern dem Toten flugs seinen elegantesten Anzug anlegte, ihm die schönste Krawatte umband und auch nicht vergaß, ihm einen Hut aufzusetzen; die ihn danach ins Auto schaffte und mit ihm in den Libanon zurück fuhr, wobei sie dem Grenzposten vormachte, er schlafe sehr tief, da er an Diabetes leide; die ihn dann beschimpfte und schwor, sie werde die Scheidung von ihm verlangen, sobald sie wieder im Libanon seien; die all das tat, um sich die Kosten für die Todesfall-Prozeduren zu ersparen und nicht unter das syrische Erbrecht zu fallen; und die, wenn sich später jemand über ihren Mut und ihre Geistesgegenwart wunderte, schlicht und einfach erklärte: «Das ist nur natürlich, die Gesetze sind ein Problem, im Leben wie im Tod.»

Da saß sie dann, Violette, die im Schlaf geraubte Braut, nach einigen Monaten Ehe mit dem Mann, für den ihre Mutter die Zustimmung verweigert hatte, weil er nicht standesgemäß sei. Deswegen waren die beiden Liebenden übereingekommen, zum Mittel von Entführung und Flucht zu greifen. Er war Anwalt, nicht Grundbesitzer, wie in ihrer Familie üblich. Wie sollte er je die Sprache ihrer Kreise verstehen, die sich um Land, Bauern und Stolz drehte? Diesen Satz ihrer Mutter machte sie sich Monate später zu eigen. Sie verglich ihr früheres Leben im Haus ihrer Familie mit ihrem jetzigen im Haus ihres Mannes. Dachte zurück an die hübsch bestickte Tischdecke, und da weinte sie. Sie weinte auch jedes Mal, wenn sie statt des schweren Holztischs in ihrem Elternhaus den Resopaltisch in ihrem neuen Zuhause anfasste. Glücklich war sie nur, wenn die Nacht ihren schwarzen Schleier über alles legte. Dann kam die Zeit für das Glas Whisky und für den Austausch von Zärtlichkeiten mit ihrem Mann, dem sie drei Söhne und zwei Töchter gebar. Wenn sie ein Mädchen bekam, haderte sie mit dem Schicksal; sie wollte nur Jungen. Sie vergaß, was eine Monatsregel war und wie ihre Schenkel oben aussahen. Sie wollte Jungen haben, damit diese den Kampf gegen ihre Mutter und ihre Brüder aufnehmen konnten, die sich nie mit ihr versöhnt, sondern sie für immer aus ihrem Leben ausgeschlossen hatten. Violette wollte Jungen haben, die erfolgreich wären und ihr den Stolz zurückbrächten, diese schöne Lilie, die vor der Zeit das Haupt hatte hängen lassen.

Jetzt eilten sie alle, Yvonne zu empfangen. Sie nahmen ihr die lederne Handtasche ab, ebenso den Koffer. Sie hießen sie mit offenen Armen willkommen. Yvonne trat ein und umarmte alle. Ja, da war sie wieder! Mit hundert Dollar in der Tasche war sie einst weggegangen, hatte bei einer libanesischen Familie einige Monate lang als Kindermädchen gearbeitet und danach zielstrebig eine Agentur aufgebaut und so ihrer Familie die Kraft der Ahnen wiedergegeben.

Da saß sie. Alle schwebten um sie herum und mühten sich, mit ihr sprechen zu dürfen und ihre Aufmerksamkeit auf sich zu lenken. Geschäftig kochte ihre Mutter Kaffee, reichte Konfekt und türmte Essbares vor der Tochter auf. Dabei stieß sie Jubeltriller aus. Aus den Augen ihres Vaters quollen Tränen des Glücks, während ihre drei Brüder an den Fingernägeln kauten, an ihren Armbanduhren herumdrehten oder an ihren Hosen fummelten. Mit dem Nagel des kleinen Fingers, den sie lang wachsen ließen, um sich von den Bauern zu unterscheiden, die Feldarbeit verrichten mussten, pulten sie im Ohr. Wie früher ertönte Umm Kulthûms Stimme, der Zigarettenrauch stieg in Wolken auf, und auch die leichten Vorhänge schwebten noch immer im Wind. Das Wohnzimmer war unverändert. Der Fernseher lief. Auch der Teller mit den aufgeschnittenen Karotten stand noch da, und ihre Mutter drückte Zitronen darüber aus.

«Im Namen des Kreuzes», stammelte die Mutter und schaute Yvonne an, als hätte sie ihr Gesicht vergessen, als hätte sie ihr nie die Haare geflochten. «Im Namen des Kreuzes.» Sie betrachtete prüfend die Kleider ihrer Tochter, die Schuhe und die Tasche, die Ringe und die Uhr, die Armreifen, die Halskette, die Ohrklipps. Ob sie wohl erster Klasse gereist ist?

Ein heißer Groll schnürte ihr die Kehle zu. Meine Tochter ist egoistisch. Warum reist sie nicht Touristenklasse und schenkt uns, was übrig bleibt?

Sie betrachtete ihre Tochter und sinnierte. So saß ich auch einmal da, bevor ich geheiratet habe. Als hätte ich die Welt unterm Hintern, unter den Fersen. Wie wohl ein so hoher Absatz diesen ganzen Körper trägt? Die Blicke von Mutter und Tochter begegneten sich. Die Mutter fürchtete, die Tochter hätte ihre Gedanken erraten. «Gepriesen sei Gott, der Schöpfer aller Dinge», brachte sie hervor. «Du bist das Abbild meines Vaters. Du sitzt, wie er saß. Und wenn du eine Pfeife in der Hand hättest, einen schwarzen Umhang über den Schultern und eine Mütze auf dem Kopf, du wärst leibhaftig er.»

Yvonne lächelte beklommen. Sie glaubte ihr kein Wort, aber sie verstand, was ihre Mutter ihr irgendwie mitteilen wollte. Du verdienst es, wie dein Großvater zu sein. Du bist erfolgreich. Deine Brüder dagegen haben sich noch immer nicht vom Staub der Erde gelöst. Yvonne betrachtete ihre Brüder und lächelte ihnen zu, als wollte sie sich für die Härte der Mutter entschuldigen. Sie bemerkte, dass sie noch intensiver im Ohr pulten. Die Mutter schwieg, doch alle im Zimmer wussten, was sie jetzt dachte. Warum bloß hab ich mich damals schlafend gestellt und mich den Armen des jungen Anwalts überlassen, obwohl doch alles gegen ihn sprach? Er war daran gewöhnt, Tabbuleh zu essen, die fast nur aus Weizenschrot bestand; die Tomatenstücke darin waren an den Fingern einer Hand abzuzählen. Dieser Unterschied bei der Zubereitung von Tabbuleh war gravierend. Die Tabbuleh im Haus ihres Mannes deutete auf Schlappheit und Kleinmut, ja, nicht nur sie, auch seine Hand, wenn sie nach dieser Speise griff. Bei uns zu Hause füllte Tabbuleh den Magen und mit jeder Portion, die unsere Hand zum Mund führte, wuchsen unsere Kraft und unsere Sicherheit. Aber warum zurückkehren in die elende Vergangenheit? Hier ist meine Tochter Yvonne. Sie lässt mich aufleben. Natürlich nur für einige Zeit, für kurze Zeit. Sie wird ja sicher bald heiraten, und dann sind ihr Mann und später ihre Kinder ihre Familie, nicht mehr wir. So ist es halt. Meine Buben haben geheiratet und sind trotzdem noch im Haus, um mich herum. Sie bleiben bei mir und ihrem Vater. Yvonne ist weit weg, die andere Tochter ist längst verheiratet, und ich sehe sie nur alle zwei Wochen. Nein, ich glaube nicht, dass die Buben bei mir und ihrem Vater bleiben, weil wir ihnen finanziell noch unter die Arme greifen und alles, was Yvonne uns schickt, in ihre Taschen fließt. Sie bleiben auch nicht, weil sie auf unseren Tod warten, um dieses Haus unter sich aufzuteilen, wie Yvonne und ihre Papageienschwester behaupten, die ständig an mir herumnörgeln. Sie werfen mir vor, ich hätte die Buben verhätschelt und verdorben. Etwa, weil ich ihnen in die Schule Kissen mitgegeben habe, damit sie nicht auf den harten Holzbänken sitzen mussten? Oder weil ich glücklich war, als man sie aus der Schule jagte, und zuversichtlich, dass sie für ihre Rechte kämpfen würden, dass sie der ganzen Welt die Stirn bieten würden, wie sie es ihren Lehrern gegenüber getan hatten?

Yvonne, die im Kreise der ganzen Familie ihrer Mutter gegenüber saß, erinnerte sich plötzlich daran, wie sie die Mutter angeschrien hatte. Erinnerte sich, wie sie ihren Kopf gegen die Wand geschlagen hatte, wie sie, über den Ausguss gebeugt, dem Wasser lauschte, das mitsamt den Petersilienblättchen zum Meer gluckerte, und wie sie dabei ruhig wurde.

Deshalb wusch sie nicht ungern ab und träumte davon, das abfließende Wasser ins Meer zu begleiten.

Schließlich konnte die Mutter ihre Neugier nicht mehr beherrschen. Sie stand auf und stolperte absichtlich über Yvonnes Koffer. Sie wollte nach dem Zettel suchen, der ihr beweisen würde, ob ihre Tochter wirklich erster Klasse gereist war, wie sie gehört hatte. Das Thema Tanios wird sie morgen ansprechen, in einem Augenblick, wenn Yvonne ganz Sehnsucht nach dem Haus und nach dem Meer ist. Sie wird ihr einen Fisch braten und ihn mit Taratûrsauce anrichten. Sie wird jemanden schicken, für sie Seeigel zu holen, wird diese mit Salz bestreuen, mit Knoblauch einreiben und mit Zitronensaft beträufeln. Doch als Yvonne ihren Koffer aufmachte, wollte die Mutter doch wissen, ob sie etwas von dem mitgebracht habe, worum sie sie gebeten hatten. Zum Beispiel den seidenen Morgenrock für Tanios? Da wühlte Yvonne in ihrem Koffer und zog verschiedene Kleidungsstücke hervor, unter anderem einen dicken Pullover, für Tanios und seine Kinder. Aber die Mutter weigerte sich, die Sachen anzunehmen, und fragte streng, wo denn der seidene Morgenrock sei. Ihr Sohn sei ohne Arbeit, brauste

Yvonne auf, da brauche er sich nicht in Seide zu kleiden.

«Du bist schuld, dass er ohne Arbeit ist. Warum hast du ihm nicht geholfen, ein Café aufzumachen? Er hat dich so darum gebeten.»

«Ich bin kein Goldesel.»

«Du bist dazu verpflichtet. Er ist dein Bruder, dein Fleisch und Blut.»

«Ich bin dir und meinem Vater gegenüber verpflichtet. Nicht meinen Brüdern und ihren Frauen und Kindern.»

Da kotzte ihre Mutter all den Groll hinaus, der sich in ihr angestaut hatte. Die Hände in die Hüften gestemmt, schrie sie wie ein Kamel, das das Wiederkäuen vergessen hatte und sich plötzlich wieder daran erinnert: «Ohne Arbeit? Wegen dir ist er nicht weitergekommen. Du hast ihm das Kreuz gebrochen! Ja, allen dreien hast du das Kreuz gebrochen! Du wolltest immer mit ihnen wetteifern, du wolltest springen und tauchen, du wolltest wegreisen. Du bist egoistisch. Und sie haben dir auch noch dabei geholfen. Andernfalls würdest du in der Küche stehen, Kartoffeln schälen und ‹Alle meine Entlein› singen.»

Noch bevor ihre Mutter fertig war und den Schaum abwischte, der ihr aus Mund und Augen quoll, vernahm Yvonne wiederum ihr Haus. Die Wände aus Muscheln, rauschte es wellengleich, doch der Ton, der das Ohr traf, war schrill und schmerzhaft. Sie schrie auf und lief hinaus. Und da fiel ihr ein, wie ihre Lehrerin einst die Muscheln beschrieben hatte: Muscheln sind im Wasser lebende, weiche, wirbellose Tiere. Sie verließ ihre Familie mit der ersten Welle. Die Stelle, wo sie eingetaucht war, zerfiel, als hätte ein Erdbeben stattgefunden. Die Wasser des Mittelmeers stöhnten vor Schmerz, wie eine Giraffe, gequält von Rücken- und Nackenschmerzen, wenn immer sie sich zu sehr gen Himmel reckt.

Yvonne und Hoda warfen einen letzten Blick auf das Meer, auf die Möwen und all die anderen Vögel, die da umherschwirrten, friedlich und streitsüchtig, wild durcheinander, über diesem kleinen Flecken, wo die Wellen mal tosend, mal verhalten musizierten.

Seit damals, als das Meer in Beirut weinte, hatte Hoda es nie wieder besucht. Seit damals, als ihr Vater starb. Auf dem Weg vom Schwimmbad zurück nach Hause war er im Auto des Nachbarsohns gestorben, die Hand auf dem Herzen, damit alle, die seinen Sarg trugen, wussten, dass seine Tochter ihn getötet hatte, damit die Tränen aus ihren Augen Hoda trafen wie Pfeile. Die Stimmen, die die Geschichte herumerzählten, verstummten und schwiegen und spuckten nur noch auf die Erde.

Auch Yvonne hatte das Mittelmeer nicht mehr besucht, nachdem sie ihren Flug durch die Wolken angetreten hatte. Es war, als habe sie begriffen, warum die Männer vor ihr davonliefen wie wilde Pferde. Yvonne, die Begehrenswerte, hatte sich in einen Mann verwandelt, der diese Identität bewahren musste, aus Furcht, nicht mehr nach Hause zurückkehren zu können, zum Meer, das ihn geboren hatte, aus Furcht, sich und seine Familie zu verlieren, Eltern und Geschwister verhungern zu lassen. Deshalb stritt sie mit den Männern, statt sie zu lieben, und zeigte ihnen die Muskeln. Sie fürchtete, am Morgen könnte der Hahn krähen und sie wieder eine Frau geworden sein.